南山杂谭

陈峰 著

凤凰枝文丛 / 孟彦弘 朱玉麒 主编

凤凰出版社

图书在版编目（CIP）数据

南山杂谭 / 陈峰著. -- 南京 : 凤凰出版社,
2022.3
（凤凰枝文丛 / 孟彦弘，朱玉麒主编）
ISBN 978-7-5506-3651-4

Ⅰ. ①南… Ⅱ. ①陈… Ⅲ. ①随笔－作品集－中国－
当代 Ⅳ. ①I267.1

中国版本图书馆CIP数据核字(2022)第025131号

书　　名	南山杂谭
著　　者	陈　峰
责任编辑	张永堃
书籍设计	徐　慧
出版发行	凤凰出版社(原江苏古籍出版社) 发行部电话025-83223462
出版社地址	江苏省南京市中央路165号,邮编:210009
照　　排	凤凰零距离数字印前中心
印　　刷	苏州市越洋印刷有限公司 江苏省苏州市吴中区南官渡路20号　邮编:215104
开　　本	880毫米×1230毫米　1/32
印　　张	9.625
字　　数	193千字
版　　次	2022年3月第1版
印　　次	2022年3月第1次印刷
标准书号	ISBN 978-7-5506-3651-4
定　　价	68.00元 (本书凡印装错误可向承印厂调换,电话:0512-68180638)

陈　峰

祖籍山西芮城，历史学博士，长江学者特聘教授。现任西北大学宋辽金史研究院院长暨历史学院教授，兼任中国宋史研究会副会长等。主要从事宋史、中国古代军政史研究，著有《北宋武将群体与相关问题研究》《宋代军政研究》《生逢宋代——北宋士林将坛说》《文治之路》等。

弁 言

“凤凰台上凤凰游”，是李白《登金陵凤凰台》之诗句，昔年我江苏古籍出版社立足南京、弘扬文史，而更名所由也。

“碧梧栖老凤凰枝”，是杜甫《秋兴八首》所吟咏，今日我凤凰出版社为学林添设新枝，而命名所自也。

30多年来，凤凰出版社围绕中华传统优秀文化，彰显传承文明、传播文化、服务大众、贡献学术的出版理念，坚持以整理出版中国文、史、哲古籍及其研究著作为主的专业化方向，蒙学界旧雨新知之厚爱、扶持，渐已长成“碧梧”，招引了学界“凤凰”翩然来栖。箫韶九成，凤翥凰翔！嘤其鸣矣，求其友声！

“凤凰枝文丛”是本社与学界同人共同打造之文史园地，除学术研究论文外，举凡学人往事、经典品评、学术札记之文化随笔，旧学新知，无所不包。是作者出诸性情而诗意栖息之地，读者信手撷取而涵泳徜徉之处。

“凤凰鸣矣，于彼高冈。梧桐生矣，于彼朝阳。”

愿“凤凰枝文丛”成为我们共同的文化家园。

2019.5.22

自序

终南山，西安人常简称南山，位于西安城南三十多公里，属于大秦岭在关中境内的一段。这座山自古有名，似有仙灵之气，故为隐士所钟情。唐朝的卢藏用就是因在此隐居而名动天下，后得以入朝做官。北宋的种放继之效法，亦成为出入朝野的大隐，因此有了“终南捷径”的典故。十多年前，美国汉学家比尔·波特写的一本《空谷幽兰》，曾名噪一时，内容便是记述终南隐士的生活。

我现长居终南山下，却绝无博取隐士之意，是因为我夫人供职的西北工业大学在此建了新校区，遂在此居住。该校区在山麓北坡下的关中环线北侧，位于长安区与鄠邑区交界之处，西距古刹草堂寺不远。其实，我们原来常住在城里，以方便上班，只是有时周末来此小住。去年寒假期间，我们才在此住了几天，就碰上疫情暴发，随之受制于隔离措施，只得以此为居。到去年暑期，我所在的西北

本书作者

大学历史学院也搬到长安校区，单位距终南山下虽远，却不堵车，反倒比旧居的交通方便些，我们索性就在新家定居。这里也确实有不少好处：既安静又可看山；自家院子里栽了几株树，还种了多棵菜；夏日里窗外池塘蛙鸣不绝，仲春时盛开的金银花飘香满屋；四季常见鸟雀、白鹭飞舞。住久了，似有陶渊明“采菊东篱下，悠然见南山”的感觉。

最近，我除了去学校上课，很少去单位或参加应酬，理由就是住的地方太远。如此一来，有更多的时间在家中写东西，偶尔也会想些过往的事情。时光如水，如孔夫子所云“逝者如斯夫，不舍昼夜”！从 1978 年春我入大学算起，至今已有四十三年，在大学从教也过了三十四年。这么多年来，我在研读史籍中收获了不少认识，对宋代史事多有了解，尤其关注宋朝军政关系、边防得失、武夫与士人、漕运以及都城与市井等问题，发表了相关论述。其实，我既是一个历史研究者，也是中国现当代变迁的见证者。从“文革”兴起时上小学，到“文革”结束时中学毕业，从幸运地赶上 1977 年高考，到走入史学的门径，直至今日的职业生涯。回首这几十年，亲身感触到中国的巨变过程，其中既有翻天覆地的变革，也有跌宕起伏的坎坷，而这一切在中国历史上亦不多见。其间酸甜苦辣的滋味，实非未亲历者所能深切体会。所以，我常对学生说：历史是现实的一面镜子，所谓知古鉴今的道理，大家都懂得。但现实又是理解历史的一把钥匙，若对现实完全懵懂，要理解历史也存在困难，因为文献记载的不足与局限性，往往遮蔽了历史的真实性。这就需要治史者不仅埋首故纸堆，还要关怀现实、理解现实，以睿智的眼光审视古今变迁。

历史学是严肃的学问，历史则又有所不同，它既冷酷无情，又丰富多样，其中还不乏离奇、荒诞之处。观察昔日王朝兴衰、典制沿革、产业演进、生活变化、思想观念及风俗之变，必须细究、考实；而探寻滚滚红尘中的世道人心，揣摩上至帝王将相下至贩夫走卒的喜怒哀乐，则有了可以合理想象的空间。像古代流传下来的诸如《世说新语》《唐摭言》《归田录》《东坡志林》及《萩园杂记》之类的笔记小说，便生动地记述了当时的许多名人轶事，读起来饶有趣味。因此，可述规范的论著，亦可写杂记、随笔，甚或只言片语的见闻。凡此不失真实内容的文字，皆可供世人一阅。是故，我翻检自己多年的一些随笔、札记、序记及书评类旧作，对个别文字略加调整，再新拟两篇追忆之作，凑成集子，取名《南山杂谭》，聊供读者一粲。是为序。

2021 年初夏于终南山下

目录

第三辑　读史杂记

第四辑　序、记及书评

第一辑　忆师友

高山水长，惠泽百川

——漆门学记

有缘投于漆侠先生门下为徒，实乃我人生一大幸事。今天，我能执教于大学讲堂，从事史学研究，离不开先生的引导。而先生一生执着学术的精神和百折不摧的傲骨正气，更成为我行走世间的路标和楷模。

初识

初识漆先生是1981年的事。那年秋天，中国农民战争史年会在母校陕西师大历史系召开。孙达人老师作为办会方负责人，将系里七七级的许多同学调动起来，协助会务，我也被安排在其中。当年中国农战史还是史学界“五朵金花”之一，一大批重量级的学者长期都活跃于这一领域。看到参会者的名单，我们学生都很兴奋，因为虽读过大多数人的论著，却没有机会谋面。

漆侠先生

报到那天，各路名家纷至沓来，真可谓冠盖云集。其中漆侠先生十分引人注目——他属来宾中的高个子，戴着眼镜，清癯有神，谈吐爽朗，带有浓重的山东乡音。以前，听课时了解过一些漆先生关于农民起义的观点，也知道“文革”中《光明日报》批判过先生“让步政策”的观点。为写论文曾拜读过他著的《秦汉农民战争史》，但印象最深的还是《王安石变法》，文笔犀利，分析深刻，是书荒时代少有的好书。

会议期间，我接触漆先生的机会不多，只是在会场上听到先生充满个性的发言，也知道先生当选为理事长，照相时位居前排正中，作为一介学生也清楚其中的分量。会后，同学们议论所见各位学者风采，其中谈到最多的一位便是漆侠先生，我自然对先生心存敬意。不过老实说，当时只是聊到了漆先生，尚未联想到其他方面。但这次见面，却成为我以后投师的机缘。

入门

1984 年，我工作两年后获准考研，寻觅导师时很自然便想到漆先生。于是斗胆报考了河北大学宋史研究室。当时，已大致了解到国内宋史研究的重镇有三处，一处在北京大学，一处在杭州大学，还有一处便是河北大学。河北大学倒不是名气很大，却因漆先生及其研究室而享誉史林和学界。

初试成绩通过后，我怀着忐忑的心情赴河北大学参加复试。再度见面时，先生和蔼可亲地询问了一些情况，我在回答完问题后，也赶忙提及那次农战史会议上的事情，先生听罢爽快地笑了，说："好啊，愿意学习就好，来了后要多读书。"还聊起抗战期间在陕西的见闻，并特别打趣地说：当地人吃饭不讲究，主食之外，就一盘辣子和一盘醋。交谈之下，我既感到温暖，也放下了心。

说句实话，与当下的大环境相比较，当年确是读书做学问的好时光，想必大多数人都同意我的看法。那时，国家空前重视教育，社会崇尚知识，外界及学校干扰又少，师生更为心静。特别是招生严格，录取人数不多，导师遴选的条件也很严，大多是有相当成就的专家，这就保证了培养的质量。我入学前，漆先生门下只有三位弟子，三位学长外就是我们四位新生，总共七位研究生。就规模人数而言，比现在许多导师带的博士生还少。当时，先生身边还有助手高树林、郭东旭两位老师，另外就是办公室和资料室的两位工作人员。

宋史研究室坐落在河北大学南院东面一处平房院内，是旧时河北省委的地方，环境相当安静。研究室有不少图书资料，先生自己的许多书也拿来供大家使用，像浙江书局刊本的《续资治通鉴长编》及《宋会要》等等。不久又重金购置了台湾影印的文渊阁《四库全书》，这在 20 世纪 80 年代中叶的大陆还比较少见，许多大学图书馆也无力添置。先生每天必来，往往还是最早就到，写作之余，常找我们谈学问聊天，气氛十分融洽。

随着时间的推移，我逐渐熟悉了漆先生率性刚直、爱憎分明的性格，也大概了解了先生的学术经历。先生的传统史学功底极为雄厚，文献史料常常信手拈来，但印象更深的还是博大的眼界和深厚的理论素养，谈学术话题总能从大处着眼，看问题极其深刻。这些都可从先生的论著，特别是百万言的皇皇巨著《宋代经济史》中得到说明。先生早年入西南联大求学，抗战结束后进入北京大学随邓广铭先生读研究生，是当时北大的高材生。20 世纪 50 年代初，漆先生到科学院中国近代史研究所工作，成为所长也是著名历史学家范文澜先生的助手。以后因政治风波及性格耿直的原因，才被迫离开该所，调入天津师范学院，也就是后来的河北大学。

回忆研究生三年学习，真是有苦有乐。记得那时除了主要由先生授课外，高树林老师也讲过元代经济史的课，再就是先生请来一些名家友人作报告，印象较深的有首都师大的宁可、山东大学的田昌五、中国社科院经济研究所的方行和历史研究所的王曾瑜等多位先生。我与同门大多数时间都在自己看书，有时为了寻找史料，还常泡在北京图书馆古籍部，住在便宜的地下室里，吃着方便面。那时我有些鲁莽、胆大，时常为一些问题打扰先生，先生总是循循善诱，使我醍醐灌顶、如沐春风。就此大致掌握了史学研究的方法，算是初入门径。

说起来惭愧至极。大约在 1986 年下半年时，漆先生询问我毕业去向，当时我还孑然一身，就回答随便去哪里都行。隔了几日，高老师便找我谈话，说漆先生打算留我在身边，我很高兴地答应了，因为能继续受到先生指教，做宋史研究必有前景，并为能被先生看中而多少产生了一些虚荣心。

事有凑巧，次年寒假回家，家人、同学给介绍了一个本地高校的对象。那时自己年轻不懂事，热恋中只考虑与女友的关系，返校后便向先生说出反悔的决定。先生刚直傲骨的性格是学界出名的，听了我的话非常生气。以后高老师多次劝我留下来，我也清楚这是先生的意思，虽然深感内疚，但仍未能改变主意。毕业前，先生不计前嫌，为我联系工作，给时任西北大学校长的张岂之先生写了推荐信。现在想起来，我确实伤了先生的心，但先生以父辈的宽厚原谅了我。

就这样，我怀着十分歉疚的心情离开了河北大学，告别了恩师漆先生。

回炉

到西北大学历史系工作后，因教学任务繁重，加之宋史非所在单位的研究重点，资料欠缺，我只能自己摸索，其间又到国外两年。兴之所至，做研究的方向更杂了，故在宋史研究领域进展缓慢，除了就漕运专题从宋代上下延伸，完成了《漕运与古代社会》的书稿，并发表了若干篇论文外，多年对宋代军政的兴趣却未取得突破。这些都是自己的选择，也没有多少怨言。但每每想到当时离开先生的情形，就深感愧疚，除了出国前携家人专程看望过先生一次外，也一直不好意思去拜访，只有每年寄上贺卡，写上表达祝福的话语。

1997 年夏天，宋史年会在银川召开，先生作为宋史研究会会长必然出席。接到通知之后，我踌躇再三，还是打消顾虑参加了会议。其间，我找机会向先生汇报了自己这十年的情况，特别提及做研究的一些困难，先生很关心地听了汇报，鼓励我继续在宋史领域深入探索。不过，在会议前后，我有两年多时间花在了开发研制国内第一部多媒体《中国通史》的工作上，这是一件耗费精力，又无所依凭的艰苦事情，暂时无暇他顾。

到 1999 年初，当多媒体《中国通史》大致有了结果时，我决心摆脱各种干扰，整理完成了有关北宋崇文抑武问题的书稿，同时将自己的研究集中到宋代武将群体的专题上。这时，更感觉到自己学识的不足，另外在资料信息欠缺的情况下，培养研究生也有些吃力，于是想到重回漆先生身边学习的念头。好在我得到了先生的理解，还有同门师兄弟的支持，当年便取得在职攻读博士生的机会。

说来惭愧，自己当时刚评上教授，在年近四十时又回炉与年轻同学一起当学生。不过，经历了许多磨砺之后，既能更珍惜时光和机会，读书看问题也会深入一些。因此，虽然有一部分时间还要在本单位服务，但效率不算低。在选毕业论文题目时，我提出作“北宋武将群体研究”，认为有些积累，此前《武士的悲哀——北宋崇文抑武现象透析》的书稿已请先生看过，并得到先生的序言，故而先生首肯了我的想法。由此，我对这些问题的思索有所深入，不仅两年多大致完成了论文初稿，还先后发表了十篇论文。

回想那段日子，除了在搜集资料和写作的过程中不断请教先生问题外，我还经常有机会与先生聊天。晚年的先生早已贯通古今历史，思路异常清晰，保持了一贯深刻犀利的风格，看问题充满睿智。在那间多年的办公室里，先生总会让我抽他的好烟，先生也偶尔抽一两支，谈话内容几乎无所不包。先生常常谈起往事，涉及许多学界的人和事以及经验教训，使我大开眼界，也让我更深入地了解了先生。还值得一提的是，漆先生与我有共同的爱好，就是喜好拳击，当然先生是欣赏，我则不仅欣赏，从前也练过一点，因此谈到拳王泰森与霍利菲尔德之战时，先生眉飞色舞地发表见解，令人想不到是年近八十高龄的老人，竟那样洋溢着生机，充满斗志。我和同门们都说：漆先生肯定高寿，一定能活到九十以上。但谁又能想到，后来竟发生了意外医疗事故。

伤逝

记得很清楚，那是 2001 年 11 月 2 日，一个寒冷阴霾的日子。早晨八点一刻左右，我骑车到河北大学宋史研究中心看书，一进楼道就被办公室的老师拦住，告诉我刚得知漆先生可能不行了。这真是晴天霹雳，我顿觉脑子一片空白，立刻下楼骑车赶往先生家。

回想起来，我进先生家门后，首先看见一位女医生正在收拾器械，再看到的就是躺在床上的先生。当时在场的还有先生的公子漆燕生，其余一两位已记不清了。望着仿佛睡着了的先生，怎么也不相信这是真的，因为两天前下午我还与先生在办公室聊过很多事情，时隔两日竟发生这样的意外。

随之，几位师兄弟和宋史研究中心以及学校有关负责人等都先后赶来，大家先询问有关情况，后来就商议到如何处理后事。上午十点多钟，我和师兄姜锡东用酒精为先生仔细擦洗了身体，换上一身新衣，其时内心的伤痛才不断涌出。至今已八年过去，当时的情景仍历历在目。

送葬那天，来了很多人，既有同门弟子、本校师生和河北省的一些官员，还有远道专程赶来的许多学界友人。葬礼非常隆重，当哀乐奏响时，很多人难掩悲痛，都流下眼泪，记得王曾瑜、山东大学的乔幼梅、南开大学的叶振华等几位先生和我们许多弟子更失声痛哭。我想，这种伤心不仅仅在于一位老人的辞世，更多还是因医疗事故引发的意外刺激，使人无法接受这一残酷现实。漆先生虽然经历了很多苦难和折磨，但身体是那样硬朗，思想是那样活跃，意志又是那样坚强，还有那么多宏大的写作计划要完成，如果真有上苍的话，肯定不会如此对待他。然而，谁也不愿相信的意外就摆在眼前，不免使人强烈地感到生命的脆弱、世事的无常。

在漆先生故去前，我已大致整理出毕业论文的主要内

在漆先生逝世周年座谈会上与乔幼梅（中）、王曾瑜（右）先生合影

容，并获得了先生的指教，只是还没有拿出完整的稿子请先生过目把关，这无疑是我终生引以为憾之事。我想，自己当时唯一能做的就是认真完成论文，以此告慰先生在天之灵。2002 年 5 月间，我顺利通过答辩，结束了在职博士学位的学习，随后告别了河北大学。

当年 11 月 2 日，是先生亡故后一周年，我专程去保定参加了纪念先生的活动。散布各地的大多数同门弟子再度会聚，加上在校的学生，人数有六七十位之多，几居国内宋史学界小半壁江山，其中许多人也已成为本领域的骨干学者（若算至今日，包括我在内的中国宋史研究会四位副会长都是先生的学生），正是高山水长，惠泽百川。在先生的墓地前，我垂头抚今追昔，内心充满了感恩之情。自己在漆门学习的日子，如画面般快速闪过，先生的音容笑貌更清晰显现。离别时，我在心中默默地诉说着无限的思念，祝福先生在天国长乐无极。

斯人长逝，遗风永驻。作为一名受业多年的弟子，我始终视漆先生为道德文章的楷模，尤其敬佩先生身上的铮铮傲骨和坦荡胸襟，在培养自己学生的过程中时常以此教导他们。人生也有涯而知也无涯，每每想到先生，自己做事做人未尝不时刻加以鞭策警惕！

2009 年 12 月 8 日于西北大学

本文原载于《中国社会科学报》2010 年 1 月 21 日第 17 版“学林”

斯文长存　维真至善

——贺斯维至先生百年寿辰

今年，斯维至先生迎来百岁寿辰，实在是值得庆贺！百岁老人难得，史学界过百岁学人恐怕仅斯先生一人。

斯先生是我大学的老师，教过我们历史文选课。当年，我们77级的学生进入陕西师范大学历史系后，斯先生是最早授课的老师之一，所以印象深刻。记得在学习期间，斯先生一口浓重的浙江乡音，又是从《左传》一类古文讲起，这对于“文革”中没打好基础的我来说相当吃力。老实说，我听这门课时常懵懵懂懂，不得不经常在课间休息时讨教，先生总是透过厚厚的眼镜片笑眯眯地看着我，然后不紧不慢地解释一些字句的意思。现在回想起来，用吴越方言讲古文中的生僻语句，也实在难为了先生，其实这便是那个普通话远未普及时代的尴尬。不管怎么说，我日后使用古文的底子，还是得益于先生。

大学四年期间，虽与斯先生交往有限，但我始终抱有

斯维至先生

敬重之心。那时，先生虽已年过六旬，却总是很和蔼，授课认真，是典型的老好先生。当年，斯先生也是历史系著名的学者之一，在先秦史领域享有颇高的声誉。早在20世纪40年代，他发表了《两周金文所见职官考》等文章，对金文中反映的周代职官制度详加考释。20世纪50年代，他撰写的《关于殷周土地所有制的问题》，对通行的郭沫若先生的观点，提出了不同的见解，认为众人、庶人属于平民而非奴隶，因此受到学界的关注。其《论“工商食官”制度及新兴工商业的作用》一文，是就“工商食官”问题加以研究的专论，也产生了颇大的学术影响。此外，先生还对殷周时期的宗族及古文字多有论述。

1984年，我报考漆侠先生的研究生，需要有推荐信，当即想到母校的杨德泉先生。杨先生虽没有给我们上过课，但专治宋史，与漆侠先生相识，自然一口应允。听说最好再有一封推荐信，我便找到德高望重的斯先生。没料到一聊到此事，斯先生不仅爽快答应，还告诉我：抗战初期，他在重庆一所中学任过教，当年漆侠先生曾就读这所学校，算起来彼此还有师生之谊。于是，在复试结束后，我将两封推荐信呈给漆先生，漆先生特意让我转达了对昔日老师的问候。

1987年，我研究生毕业分配到西北大学历史系工作后，与斯先生的交往就多了些。斯先生退休后，我常去先生家里拜访、请教。虽然我们的研究领域相隔较远，但先生对我的治学总是很关心，谈话既与古史的一些问题有关，也涉及工作环境之类的情况，每每令做学生的我非常感动。1997年，我的第一部著作《漕运与古代社会》交给出版社之际，便请斯先生作序，序中多有肯定与勉励之意。以后，斯先生年事渐高，视力与听力都越发不如以前。再之后，偶尔不免有些记不清事，见面时或将我认作他人。这时的谈话，往往是以我听为主，先生说得最多的是过往岁月的人与事。我常常想，一个经历过民国以来无数动荡的老知识分子，谙熟历史掌故，数十年兢兢业业于学问，又一直与世无争，到晚年远离学界，内心自然寂寞，同时也多了对人生与社会的反思。而许多前辈学者大都有类似的情形，这种对晚辈学生的倾诉，其实正是一种难得的告诫，警示后人求真务善，故实乃学界不可多得的宝贵财富。

“仁者寿”，斯先生之百年华寿值得庆贺。若用传统“道德文章”的标准衡量，先生可谓皆备。斯文长存，维真至善！

本文原载于《中国社会科学报》2015 年 6 月 15 日

一个纯粹的学者
——悼浦江

去年3月下旬的一天下午，我正在北京的中央社院学习，刘浦江与李华瑞等几位朋友专程来看我，大家吃了顿饭。浦江还是烟酒不沾，但依旧是谈笑风生。席间，说到邯郸有宋金时期的地道，他希望有机会看看。不曾想，一个多月后得知他患了癌症。五月底离京前，打过两次电话，都未能联系上。六月底的一个晚上，才终于打通电话，听得出他状态不佳。此后，又通过几次话，得知治疗有效，也感觉到浦江情绪越来越好，想到现在医学的进展，我深感欣慰。

但他还是走了，得悉辞世的消息，至为心痛！

浦江是一个认真的人，一个纯粹的学者。这在时下热闹的社会，并不多见。他在学术上极为认真，真正可称得上潜心治学。浦江在辽金史领域成就斐然，早已得到学界的公认。他是邓广铭先生的高足，于宋史研究也极有见地，

刘浦江教授

如对宋太祖誓碑的长篇论文，条分缕析，令人折服，我常在课堂上引为范例。

浦江高度自信，当然是来自学养深厚的缘故，熟悉他的朋友都知道他善于辩论，喜好较真，常常不依不饶，透出的其实是对学术的虔诚。有一年，我们一同去赤峰考察多日，印象最深的便是他与几位同行争辩一些问题。他又待人真诚，乐于助人，毫无虚伪矫饰，我本人与我所在的学院都受益匪浅。记得两年前，他曾推荐一位高足到我院工作，并不厌其烦介绍弟子的专长，遗憾的是因这位学生后来另有高就而未果。听北大的朋友讲，浦江在历史系兼任副主任期间，工作极为认真负责，我去北京的几次，傍晚打电话联系，便发现他还在学校。

虽然我与浦江主要还是在学术交往上接触，彼此平时联系并不算多，对其他方面也就了解得有限。但依我所见，浦江身上已体现出一个正直而纯粹的学者风骨，正与历史上那些令人起敬的学人契合。

作为专门研读历史的人，当然清楚生死不可违的规律。浮华、权势在历史的长河中转瞬即逝，唯有道德文章可以传世。浦江因此不朽！

2015 年 1 月 11 日

本文原载于《大节落落，高文炳炳——刘浦江教授纪念文集》，中华书局 2016 年

追忆 1999 年那场盛会及缘起

1999 年 10 月 14 日上午，在中国人民大学举办了一次会议，名称叫“多媒体《中国通史》教材出版座谈会暨首发式”，会议由教育部历史教学指导委员会主办、西北大学和福建人民出版社协办。屈指算来，距今已过去了二十余年，当时出席的几位前辈有的已辞世有年，健在者也大都年事已高。另外，因他们的研究领域不尽相同，平日都聚在一起的机会并不多。因此，这次会议不仅在今天看来十分难得，即便在当年亦不多见，故可称一场盛会。

这次会议的主持者是时任教指委主任的李文海先生，李先生还有一个身份，是当时的中国人民大学校长。记得出席的史学界名家有：我的老师、河北大学漆侠先生，我供职学校的张岂之先生，南开大学的魏宏运及张国刚先生，北师大的龚书铎和瞿林东先生，河南大学的朱绍侯先生，北大的王晓秋先生，还有人民大学本校的李世安、张研、成崇德、陈桦、黄兴涛等中青年教授等。因时间过去多年，已经记不太清楚其他与会学者了。在我印象中，教育部高教司主管文科的刘凤泰副司长、文科处的阎志坚处长，也特意赶来参加了会议。西北大学参加这次会的有校长孙勇教授、教务处处长崔智林教授及校办主任张振华等人，还有我和副主编、文博学院院长付建成教授，副主编岳珑教授。福建人民出版社的社长俞金树、责编林斌与卢长奇等先生，也专程赴京协办了这次会议。在会上，李文海先生先介绍了会议的主题，然后刘凤泰副司长讲了话，接下来我校的孙校长和出版社的领导先后表达了谢意。在这一环节结束后，各位专家分别谈了对多媒体《中国通史》教材的评价。遗憾的是，我已记不得每人讲话的具体内容，只能回忆起大致的意思，即认为这部教材是教学手段的一种创新，对改革高校传统历史课堂教学有益，其中不乏热情洋溢的表扬与鼓励。

说起来，以上很多老先生都是国内史学界的巨擘，是令我们肃然起敬的前辈，其中多位是我第一次遇见。在此依照传统序齿的惯例，对他们略作介绍：漆侠先生是参会专家中最年长者，当时 76 岁；漆先生不仅是宋史研究的大家，还博通中国古代史。其次是 73 岁的魏宏运先生，魏先生是研究中国现代史的大学者，也是南开大学历史系的老主任。张岂之先生是著名的思想史学者，曾任西北大

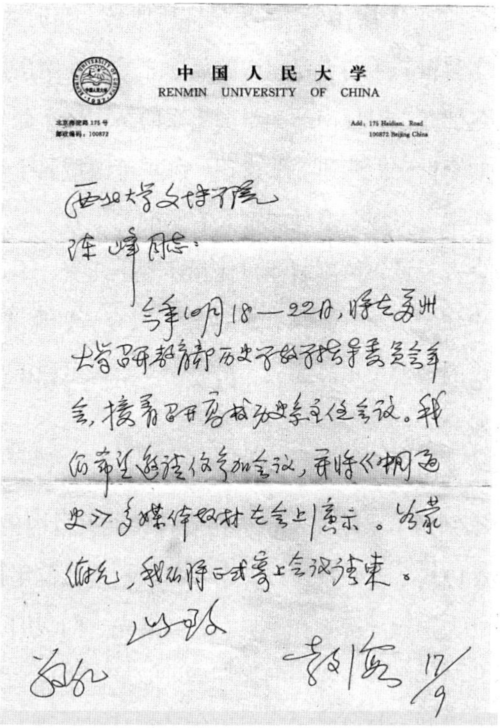

中国人民大学
RENMIN UNIVERSITY OF CHINA

北京海淀路175号
邮政编码：100872

Add: 175 Haidian Road
100872 Beijing China

西北大学文博学院
陈峰同志：

今年10月18—22日，将在郑州大学召开教育部历史学教学指导委员会年会，接着召开高校历史系主任会议。我们希望您能够参加会议，并将《中国通史》多媒体教材在会上演示。如蒙俯允，我们将正式寄上会议请柬。

此致

敬礼

李文海 17/9

李文海先生给作者的亲笔邀请函

学校长多年，当时72岁。龚书铎先生时年70岁，是中国近代史研究领域的著名学者，亦是北师大历史系的老主任。朱绍侯先生也是70岁，是秦汉、魏晋史研究的名家，同样做过河南大学历史系的主任。李文海先生67岁，是著名的中国近代史专家。瞿林东先生则是史学史领域的著名学者，当年62岁。57岁的王晓秋先生是著名的中日关系史专家，时任北大中外关系史研究所所长。当时才 43 岁的张国刚教授属于与会专家中的后起之秀，在隋唐史领域已经声名鹊起，时任南开大学历史系的系主任。此外，人大本校的李世安、张研、成崇德、陈桦等教授属于年富力强的一代学人，在各自领域都是有影响的学者。人大最年轻的与会者是黄兴涛副教授，比我还要小几岁，不过在中国近代史研究方面已有突出的成果。以今天的眼光来看，这次会议的规模虽不算太大，但名家荟萃，可称得上难得的一场盛会。

会议在中午时分结束，高教司的领导已提前走了，而我们大家则留下来用餐。记得是安排在人大校内的餐厅，一间大厅内设了若干桌，好像李文海校长请几位年长的先生与西北大学领导等人在主桌。看到老先生们叙旧，谈笑风生，我甚感高兴。我坐的那一桌可能是在主桌之侧，但同桌还有谁却大都已忘了，只记住了斜对面的瞿先生，是因为啤酒的缘故。菜肴皆属家常类，每桌上又放了几瓶啤酒和雪碧之类的饮料，此亦可见当时高校朴实之风。那日天气较热，仪表堂堂的瞿先生脱去西装，显露出健壮的身形。开始就餐后，瞿先生见大家都在喝饮料，于是自己打开一瓶啤酒，并询问谁还要，其他人都说不喝。我原本有些拘谨，也拿了杯雪碧，看到瞿先生的举动，便起身说我来陪喝。几杯下肚，我便与瞿先生相熟起来，聊得颇为投机，也对他的豪爽留下了深刻的印象。餐后，大家陆续道

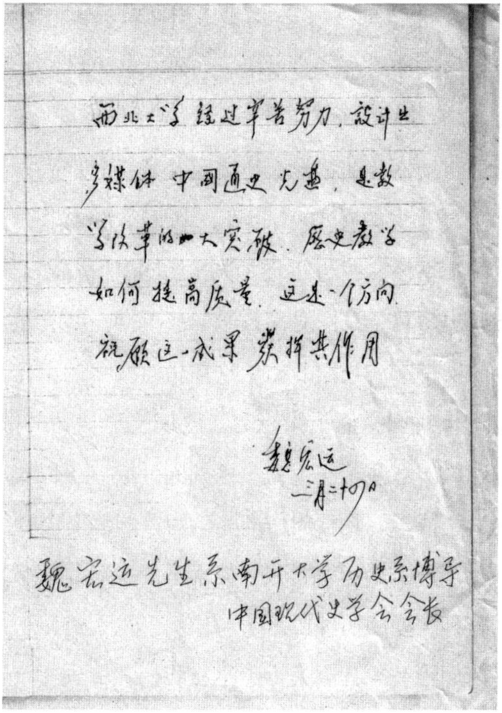
西北大学经过辛苦努力，设计出多媒体中国通史光盘，是教学改革的一大突破。历史教学如何提高质量，这是一个方向。祝愿这一成果发挥其作用

魏宏运
三月二十四日

魏宏运先生系南开大学历史系博导
中国现代史学会会长

魏宏运先生为多媒体《中国通史》题的词（文末是我当时介绍魏先生的文字）

别，一场盛会就此结束。

时至今日，当年与会者中的漆侠、龚书铎和李文海三位先生，已经分别于 2001 年、2011 年、2013 年先后去世。健在的前辈学者而今皆年事已高，其中最年长的魏宏运先生已经 97 岁，张岂之先生为 96 岁，就连当时年纪略轻的

瞿林东先生也已84岁了。其实，当回首故人之际，彼时不惑之年的我亦跨过了一个甲子，确是往事可追，岁月却已如梭。

道过这场盛会的情形，还要言及其缘起，因为与我有一定的关系。大约在1997年春，基于多媒体手段在表现形式上的丰富性，我与西北大学几位同事便筹划开发多媒体中国通史教材，试图对高校教学改革做一些尝试。随后在学校的支持下，我们开始了这项历时两年的工作。为了保证质量，我们邀请了张岂之、漆侠、李学勤、朱绍侯、李文海和魏宏运几位先生做学术顾问，成立了以我所在的西北大学文博学院院长周伟洲先生为首的编委会。

想当年，由于经费紧张，技术手段落后，从事这项工作并不容易，期间历经的辛劳与坎坷，可谓难以言尽。在此仅举两例：其一，因人手不足，我们在输入文字、扫描图版及校对图文上耗费了大量时间、精力，午餐常常只能依赖街边小摊的盒饭打发。不用说，这些饭食供应的对象主要是打零工者；疲惫之时，也只有靠在椅子上打个盹。其二，有限的经费捉襟见肘，记得几段三维动画便开支不菲。当经费不能及时到位时，雇用的几位临时工不免就有怨言，以至于数度濒临散伙。为此，我作为主编只好上下奔波，左右安抚，实在不行就用自己的工资先行垫付。在此过程中，为了解决出版的问题，我有幸结识了福建人民出版社历史编辑室的林斌主任，其人高大豪爽，我们一见

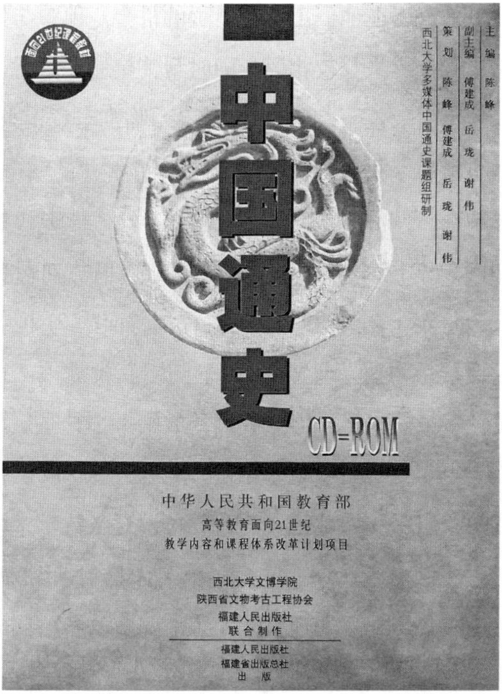
主编 陈峰
副主编 傅建成 岳珑 谢伟
策划 陈峰 傅建成 岳珑 谢伟
西北大学多媒体中国通史课题组研制
中国通史
CD=ROM
中华人民共和国教育部
高等教育面向21世纪
教学内容和课程体系改革计划项目
西北大学文博学院
陕西省文物考古工程协会
福建人民出版社
联合制作
福建人民出版社
福建省出版总社
出版

多媒体《中国通史》书影

如故，于是获得在他们出版社出版的机会。他曾与另一位责编卢长奇专程来我校相商，同时帮忙校稿。之后，林斌先生又第二次来校稿，停留达十多天，临别时竟视力大减，其敬业的精神令我深为感动。

大约在 1998 年深冬，刘凤泰副司长一行来我校检查工作期间，学校领导专门安排我演示初稿。刘司长看完给予充分肯定，当即让我申报教育部“面向 21 世纪教学内容与课程体系改革计划项目”。随之获批立项，得到的一万元经费虽然不多，但对我们的鼓励不小，坚定了做下去的信心。最终，在 1999 年年中收尾，随后以三张光盘的套装顺利出版。借此机会，我要再次对各位学术顾问先生，副主编付建成教授、岳珑教授，福建人民出版社的林斌先生、卢长奇先生，还有当年工作团队的各位同事以及所有帮助过我的人，表达深深的谢意！

正因为这个缘起，该教材遂得到李文海先生和教指委的重视，于是便有了上述那场盛会。还要交代几句后续的话，这部教材出版后成为国内高校第一部历史专业的多媒体教材，收获了各方面的赞誉，《人民日报》1999 年 10 月 20 日第五版（教育·科技·文化·体育）、《中国教育报》1999 年 10 月 15 日头版，都发表了介绍出版的消息；《人民日报》1999 年 10 月 23 日理论版、《光明日报》1999 年 11 月 12 日《史林》版，又先后对出版座谈会进行了报道。当年秋天，我应邀在苏州大学召开的历史教学指导委员会上做了专题汇报。在 2001 年，该教材还先后获得陕西省教学成果特等奖、国家级教学成果二等奖。就此而言，我们的辛苦付出得到各界的肯定，令人欣慰。

时隔二十余年，当提笔追忆这段往事时，令我深感遗憾的是，因素来粗疏，竟将当年的许多资料丢失，特别是诸位前辈大家的题词也一时难觅，仅找到魏宏运先生手书的复印件，还有李文海先生给我的亲笔邀请信。或许哪天彻底翻检书柜、书箱，能在堆积的书籍、书稿及杂物中发现这些珍贵的笔墨。

2021 年仲春于终南山下梅园

与朋友聚饮片段

亲朋好友相聚，总免不了要吃顿饭，而吃饭时又常需备点酒，这大概是中土悠久传统的风俗民情之一。《诗经·小雅·吉日》中有“以御宾客，且以酌醴”之句，即指迎接宾客应以美酒款待。饮酒有忘忧、助兴之效，故曹操有“何以解忧？唯有杜康”的名言；陶渊明则自称：“平生不止酒，止酒情无喜。”于是乎，不仅高阳酒徒嗜酒，名士才子亦多喜饮，所谓“李白斗酒诗百篇，长安市上酒家眠”。（杜甫《饮中八仙歌》）就连遁入空门的一些僧人也能被酒香所吸引，宋代人张邦基在《墨庄漫录》中就记载，有和尚好酒，称其为“般若汤”。如此看来，学界中的许多人不能免俗，也就不难理解。

多年来，无论是外地友人来西安，还是我出差在外，总有机会聚首，正所谓有朋自远方来，不亦乐乎！相见之后，喝上几杯，陈年旧事，新鲜话题，海阔天空，其乐融融。常言道：往事如烟。年纪大了，过往经历的人与事愈益模糊。我又素来粗疏、懒散，无写日记的习惯，多少值得回忆的往事曾经鲜活动人，只怕是就要如水般流逝。乘着这次出书的机会，写些与朋友聚饮的片段，其间见性见情，多非正式场合所能看到，或许能像《世说新语》那样，给后人留下点学林轶事的文字。

我在与学界朋友交往时，常因酒助兴，开怀畅谈，从而加深相互了解，也增进了情谊。这多少也是我人缘不错的原因之一，以至于所到之处，多能受到热情相待。由此，我经历了很多有意思的场合，见识了诸多学人真性情的一面。十几年前，在南开大学开会，我到得较晚，便被直接带到餐厅。记得餐桌上好像只有饮料和啤酒，并无白酒，时任南开历史学院院长的李治安老兄一见面，就说“西北王”（按：我自知酒量一般，故从来不敢承认此大名，对友人的评语权当玩笑）来了，赶快上一瓶“蓝津”。所谓蓝津，是当地产的酒，蓝色瓶子装，属于38度的低度酒。我知道治安兄不喝酒，大概也不太懂酒，但专门为我上酒，亦颇为高兴。原本客气的氛围，在我的带动下自然热络起来，有几位不熟悉的同桌就此相识。现已就职南开历史学院的刘晓教授，应该还记得此事。以我所见，人民大学的王子今老兄（也是西北大学校友）可称得上是酒中大仙，其人一顿的酒量未必最大，但连续数日畅饮的水平大约无人所及，并且低于五十度的酒不喝。尤其是在正式晚

与荣新江（右二）、孟彦弘（左一）、朱玉麒（右一）诸友饮中叙谈（2011 年 11 月）

餐喝过之后，他还要呼朋引类，再去小馆子搞个夜饮。每当我遭遇这样的场面，总能蒙眬中看到他快乐的笑眼。令人称奇的是，这并未影响到他著述的高产，想来古代酒仙刘伶、李白也不过如此。又有吉林大学的秦汉史专家张鹤泉老兄，颇为嗜酒，即使后来患有糖尿病，依然“积习”不改。每每聚饮之际，他都要先自己注射一针胰岛素，然后连连举杯，我曾劝他慎重，下次所见却是如故。还有朱维铮先生，亦令人难忘。那是 2005 年冬，复旦大学历史系副主任黄洋教授带队赴奥地利萨尔茨堡大学交流，除了复旦的多位同行外，外校的只有北京大学的罗新兄和我有幸参加了这次活动。在几天的学术活动期间，对方每晚皆设宴款待，同行者大多不喜饮酒，葛剑雄、姚大力、黄洋及罗新等几位先生甚少碰酒自不用说，即使传闻颇有酒量的韩昇兄也喝得不多。当时，唯有70岁的朱维铮先生与我主动碰杯，加之也只有我俩吸烟，每次席间还数度结伴出门抽上一支，因此与朱先生聊了不少，亦对他的率真性格留下深刻印象。其余如上海师大的戴建国、汤勤福和黄纯艳（现已调入华东师大）、厦门大学的陈支平、兰州大学的郑炳林、人民大学的孙家洲、中国社科院历史所的彭卫、卜宪群和娄劲、东北师大的韩东育、复旦大学的李剑鸣、湖南大学的肖永明、华中科技大的罗家祥、华中师大的赵国华、武汉大学的陈锋、福建师大的王晓德以及云南大学的林文勋教授等等老友，皆属善饮者流，相逢之际，必畅饮而归。在此，再述经历印象最深的几次聚会，以纪念我与群贤的交情。

我曾多次去过武汉，不仅是因为出差或开会，还在于能与这里的朋友相聚。其中印象最深的一次，是在此败走过麦城。记不清是2003年还是2004年的秋天，我有事与本院一位同事赴汉。那天上午办完事后，华中师大历史文化学院的友人在该校餐厅请客，除了王玉德、赵国华、刘固胜及陈锋（当时曾被引进至华中师大）教授等多位朋友外，前辈熊铁基先生也参加了聚会。我午间通常不喝酒，原本也没有想过喝酒，但没想到就是有酒，只能客随主便。最终，我被好客的主人灌得不轻，糊里糊涂地回到住处休息。到底当年还算年轻，身体强壮，当天下午又到武汉大学拜访朋友。晚餐仍在校内，记得除了前辈朱雷先生外，有杨果、冻国栋、张建民、徐少华及何德章教授等人，我与他们大都相识，特别是杨果教授属于小同行，在宋史圈子熟稔已久，唯有何德章教授是头次见面。众人叙说一番，就轮到酒来助兴，喝的酒与中午相同，都是当地的“白云边”。我早就知道，武大有“张一斤，冻八两”之说，故事先声明中午已经喝多，请大家手下留情。朱先生年长，表示只能陪几杯，杨果女士不喝，少华兄亦称素无酒量，然而国栋、建民二兄岂肯饶了我，不仅主动频频举杯，还要求年轻的德章多作陪。于是，我终于喝过了量，最后只依稀记得道别时连连致谢，而诸位说了什么，则几乎全然不知。当日半夜，我腹泻不止，早晨赶忙到就近的超市买止泻药。随后，我们踏上返程，回家数日才缓过来。这次活动，成为我不多的几次醉酒经历之一。对这次活动记忆的深刻，还与另一件事有关：次年寒假期间，我接到一个电话，对方说是朱雷先生的学生，回家过年的火车路过西安，朱先生就托他给我带瓶酒。那是一个长瓶子包装的五粮液，我拿到后便给朱先生打电话致谢，直说没有大家给晚辈馈赠的道理。朱先生说自己不能喝酒了，就送给我。想来我在那天肯定给朱先生留下的印象不错，故以美酒相赠。如今才懂得老酒珍贵，遗憾的是没保存下来，已不知哪次将那瓶佳酿与来陕的友人分享过了，可惜啊！

首都师大的李华瑞兄，与我同门师从漆侠先生，我

与老友李华瑞饮中私语

每次有事到北京，他几乎都要请客，正如我去开封时，河南大学的同门程民生兄同样盛情款待一样。我们聚饮的场合颇多，但最有意思的一次，还是在华瑞兄一位博士后出站的晚间聚会上。依据华瑞近日提供的记录可知，时间在2017年6月24日晚，地点在紫玉食府，华瑞请客。来了京城史学界诸多朋友，除了他与我之外，有北大的荣新江和郭润涛、人大的孟宪实和刘后滨、中国社科院历史所的孟彦弘、《民族研究》杂志社的刘正寅、《文献》编辑部的张廷银及华瑞所在首都师大的金滢坤和刘屹等诸位贤达，当然还有出站博后、辽宁师大的李玉君女士。此番杯觥交错，叙谈甚欢与喝得畅快自不用多说，倒是后来发生的一段插曲，令这次聚会可以成为日后的佳话。记得是大约到了后半场时，酒量有限的后滨兄忽然站起来，突兀地对新江兄的外语提出挑战，于是乎两人飙起了英语，几次三番下来，后滨竟然不服，新江亦只能笑着摇头。眼见此情此景，众人皆笑，彦弘兄却坐不住了，将头顶的小帽摘下，也起立冲着后滨的外语猛批。一时气氛颇为热闹，宪实兄实在难耐，遂起身要给大家唱一首新疆民歌，结果数次都仅唱了几声，便被他俩的声浪打断，宪实只得扫兴地坐下喝酒。到十点多钟，估计大多数人都喝多了，于是才结束聚会。当众人陆续离席之际，不料却不见后滨的踪影，有年轻者寻觅到洗手间，发现他已醉倒在地。之后，后滨被送到医院，我则扶着摇摇晃晃的宪实到入住的宾馆，因当时已无空房，我俩只好在我的房间凑合了一晚。次日清晨，宪实醒来，一言不发，自己洗漱一番，随我用过早餐，挥了下手，打车走了。事后，电话得知后滨无恙，只是劳累了陪同者一晚，我心遂安。以后，再遇见宪实兄，提及此事，他笑谈只记得来日分别时的情形，前晚唱歌的事已不知了。而与后滨兄言及当时的故事，他则连称当时醉了，多有得罪，从此引以为戒。

朱玉麒兄比我小几岁，自相识后便交情不浅，有机会就相聚一场。记忆较深的一次，承蒙玉麒提供的日记所述，是 2012 年 3 月 28 日在新疆驻京办的新疆饭店聚会，之所以选在此处，应该缘于他在新疆工作多年的感情。当时，玉麒邀集了李华瑞、原《历史研究》的编辑宋超、军科院的刘庆、北师大的罗炳良、张廷银、龟兹研究院的彭杰等几位朋友，再有兰州大学的后起之秀吴炯炯，还有随我一同出差的我院青年才俊李军。这次聚餐，华瑞兄的一贯豪放姑且不表，其他几位老友的表现可略加介绍：宋超老兄从来老实喝酒的作风依旧；刘庆老兄因有糖尿病，酒前仍须先打一针胰岛素；炳良兄因曾动过大手术，无法饮酒。张廷银与彭杰两位学人，我因不太熟悉，故未能留意。吴炯炯是李军的同门师弟，之前曾来我院求职，我们已经走过接收的程序，后因兰大留校而未果。这次两个师兄弟参加聚会，都甚为积极主动。至于主人玉麒兄，当然带头碰杯。我对此次相聚记忆颇深，原因有三：其一，炳良兄是宋史界同仁，多年未见，又知他曾患过重症，故相遇难得；其二，餐厅提供的红柳烤肉、手抓肉极其鲜美，还有红乌苏啤酒相当爽口，非寻常可得；其三，我对吴炯炯放弃我院的缘由不详，遂当面询问了究竟。令人痛惜的是，这次聚会后数年，炳良兄便因病去世。在动笔写作本文之际，又从玉麒口中得知彭杰也已在两年前英年早逝。悲乎！逝者长已矣，生者如斯夫。

多人聚饮，气氛热烈，不过却最易喝多，喝多了话题就多，还往往容易打岔。而两三人小酌，不仅轻松，且可深聊。有关这方面的情形，想必大家都有同感，我与北大老友荣新江兄的一次对饮，就长久难忘。大概是2004年的6月，我赴京出差，住在北大勺园。公干完毕之日，准备傍晚乘火车返回。当日上午，新江约我中午吃饭，说因要陪儿子打乒乓球，只能在12点碰头。见面后，他说北大西门外海淀体育馆内有家“老白家”羊肉泡馍馆，是陕西人开的，让我品尝是否正宗，另外特意告诉我：啤酒免费。于是，我们边吃边聊，就此了解到其不少经历。他说起大学同班同学的趣闻，谈及导师张广达先生的往事，言及邓广铭先生创设中国古代史研究中心的恩德，聊到在荷兰莱顿大学访学时的感受以及多次赴日交流的见闻。他尤为得意的是在莱顿大学的意外收获，当年因不满25岁，可以享受欧洲铁路联票的优惠，于是背着双肩包，乘火车游访了欧洲很多国家。他还戏称自己属于单干户，在创办《唐研究》(如今已是国际知名的学术刊物)上耗费了很大精力。不过几盘菜，我俩却喝了十瓶左右的燕京啤酒，时间不知不觉过去，餐厅内只余我们一张桌子有人。直至下午四点钟前后，我们才分手。时隔数年，当我在京再提起“老白家”时，新江兄笑曰：早倒闭了，都是被免费啤酒搞垮的。

学界好饮者有之，拒饮者亦有之，在后者中又尤以人高马大的清华大学之张国刚和北大之牛大勇、儒雅的人民大学之包伟民及现在澳门大学的李凭等数位老兄为甚。每相聚于餐桌，他们总有各种理由婉拒敬酒，纵然我们一再劝说乃至于冷嘲热讽，他们却是“我自岿然不动”。我以为酒量或许与体质有关，更多的还在于习惯使然。其实，有段时间喝酒聚会的传统在民间几近消沉，即在“文革”期间因被视为落后的旧俗而遭到针砭，加之物资匮乏，群众生活便多少疏离了这一习惯。在此不妨以自己为例：我恰巧在“文革”中度过少年时代，家父出身“土八路”，生活相当刻板，既不抽烟，也不喝酒，甚至连喝茶的嗜好也没有。所以，自小似乎没有见到过家中有酒，故我在成年之前从未碰过酒。事实上，我小时候对烟酒还很反感，印象中抽烟、喝酒往往是电影中反派角色的标识。1978年春，我上大学后也甚少接触酒，大致还是到毕业聚会时才喝了点酒，葡萄酒（本地产的丹凤牌传统葡萄酒）之外是否有啤酒，已记不清了。记得是在陕西师大“学生二灶”食堂，乌压压聚集了几个系的同学，饭菜简单，但每桌都放了几瓶酒，大家边吃边喝，纷纷诉说离别之情。我是班里年龄最小的，被几个老大哥灌了几杯，这才发现葡萄酒甜甜的，与饮料差异不大，所以感觉挺好。工作后的两年，适逢八十年代改革勃兴之时，在新鲜事物、传统风尚交织迭起下，聚会饮酒之风渐起，我自然“不能免俗”。但当时主要是喝点啤酒或葡萄酒，基本上没碰过白酒。1984年，我到河北大学随漆侠先生读研究生后，才真正开始接触烈酒。当年，周末无事，先是与几个师兄弟以及其他专业要好的同学喝过几次酒，算是浅尝辄止，无非是不愿被他人取笑。后来，有次周日下午看场电影，傍晚回到学校，食堂已经关门，只得到校外的小饭馆就食。保定当地的小饭铺，主打牛肉罩饼、牛肉焖饼，就是将薄饼切成长条，与熟牛肉片一同放在锅里或焖或煮，出锅时再添点葱丝，其手法与陕西的羊肉泡相类。记得我偶然发现邻桌有人边吃饭边喝酒，突然感觉极佳，由于不敢喝整瓶酒，于是要了半口杯的散酒，大概只花了几毛钱。头一次喝这种酒，入口后既烈又夹杂着玉米味，只能硬着头皮喝完。再往后，适应了此类酒，偶尔还会要上半杯。有次冬天下雪，我从裕华路影院骑车回校，路过一家铁皮盖的小馆子，看到散发出的热气，遂被吸引入内。我买了碗牛肉罩饼外加一满杯散酒（现在估计有三两之量），自斟自饮。当喝完出门后，看到夜色中漫天飘舞的雪花，我摇摇晃晃地推着自行车，大有“林教头风雪山神庙”的感觉。自此之后，我接受了白酒，酒量亦渐涨。

还是根据玉麒兄提供的日记资料，2011 年 11 月 7 日，他与新江兄、中国社科院历史所的吴丽娱女士、中央民大的李鸿宾兄和孟彦弘兄等一行来陕考察，晚间我请大家吃饭。席间，同行的英国著名唐史专家、剑桥大学东亚研究所所长麦大维教授，在饮酒过程中吟诵到李白《将进酒》的诗句：“古来圣贤皆寂寞，惟有饮者留其名。”此句的确耐人寻味，看来不仅中国古代的诗仙深得酒中奥妙，就连研究中国历史文化的外国学者也明了饮酒的益处。以我之见，因酒留名当然挺好，不过那都是身后的事，而当下与朋友欢聚的时光才最为珍贵。故而就此借李白该诗的其他几句搁笔："君不见，高堂明镜悲白发，朝如青丝暮成雪。人生得意须尽欢，莫使金樽空对月。"

2021 年 5 月 6 日于终南山下

第二辑　访学及琐谈

“从大门进来，从烟囱出去”

——德国达豪集中营观后记

去年四月初的一个上午，友人驾车带我前往达豪，参观那里的二战集中营遗址。达豪是位于德国慕尼黑市区以北二十余公里的一座小城，这座城镇在 20 世纪 30 年代初以前还是一处默默无闻的村庄，但在随后纳粹势力执政的年代及第二次世界大战期间，这里却因震惊世界的罪恶集中营而臭名昭著。

那是一个阴天的早晨，我们在依然带有寒意的细雨中来到达豪城。经向当地人打听后将车开入一条僻静的公路，行驶几分钟后便看到了公路左侧带有塔楼、电网的灰色高墙，路旁的指示牌上标出了集中营的字样。进入拱形大门后，眼前出现了一条二三米宽与深的壕沟，沟后面有两道可带电的铁丝网，两道铁丝网之间及铁丝网以内铺满了尖锐的碎石。举目四望，围墙周围高高的瞭望楼和众多的探照灯，如同鬼眼似的俯视着铁丝网内外的开阔地，由此可

作者在德国达豪集中营留影

以想象得出当时戒备森严的情景。在铁丝网以内是一座巨大的场院，院中有一处白墙灰瓦的建筑，在该建筑物对面一百多米的地方有两排狭长的平房。也许是我们来得太早了，宽广的院落中只有参观者寥寥数人；也许是这里沉重、肃穆的气氛，大家都沉默无语，四周近乎死一般寂静。

我们首先走向那座灰白色的建筑，在它的正面竖立着一座黑色金属的雕塑，那是由十余个变形、扭曲的人体组成的塑像，象征着当年在这里遭受折磨、被杀害的人们。进入建筑后才知道这里曾是当年集中营办公、行刑的地点，现在则已辟为纪念展室。展室里陈列着当年的各种实物、图片和用德文、英文写的文字介绍。通过这些冷冰冰的东西所揭露出来的活生生的事实，近乎把我们带入了地狱、魔国之中，足以使每个参观者胆战心惊，目不忍睹。

达豪集中营建于 1933 年希特勒掌权后不久，是纳粹德国最早建立的几个集中营之一。或许是因为纳粹特务头子如希姆莱、海德里希、缪勒等人都出身于巴伐利亚并在慕尼黑任职的缘故，他们才首先选中了慕尼黑附近的这个村镇建立集中营。集中营建立之初，主要是关押共产党人、工会领导人及社会各界的反法西斯人士。当年五月份，著名共产党前议员德雷泽尔、施莱法和慕尼黑律师施特劳斯等十余人，就在这里惨遭杀害。另外，一些因争权而失败的纳粹分子也曾被关在这里，如在 1934 年 6 月 30 日的“大清洗”中，冲锋队首脑罗姆及部下遭到镇压，他们中的一批人被打入达豪集中营，到第二年，有七八百人死于集中营。但到第二次世界大战爆发后，这里则成为犹太人、外国战俘、外国平民及吉卜赛人的地狱。据展厅内的资料说明：达豪集中营存在的十三年（1933—1945）里，共关押过二十多万人，其中绝大多数都是外国人和犹太人。另据法国史学家雅克·德拉律列举的几个数字反映：1942 年，约三四百法国人被押送达豪。第二年，又有一千多法国人被抓到这里。即使 1945 年初德国在战场上失利的情况下，仍有二千多法国人被押运到此。

正如其他集中营一样，达豪集中营的看守任务是由党卫军中特设的“骷髅队”承担，这些人都是受法西斯毒化很深的纳粹党徒，对被关押者随心所欲地滥施暴行。在看守的监督下，所有“囚犯”都必须承担各种苦役，到周围工地从事最繁重的体力劳动。由于生活条件异常恶劣，囚犯们都患有严重的营养不良症，身体极为虚弱。在这里生活的几年甚至十几年里，每到冬季，他们只有几件带有编号的囚衣和粗笨的木鞋，以此抵御阿尔卑斯山吹来的寒风和阴冷潮湿气候的侵袭；而在夏季里，他们又受到成群的蚊蝇、虱子、跳蚤和酷暑的围攻，使得狭小拥挤的牢房沦为疾病、传染病泛滥的窝巢，加上经常受到各种酷刑、毒打的折磨，结果造成大批囚犯的死去。展室里陈列了许多堆积如山的死尸和马车拉运尸体等照片。这些死尸最终都被送入焚尸炉焚烧，当年的看守者对新来的囚犯常说这样的笑话：“从大门进来，从烟囱出去。”其实这又何止是一句笑话，完全就是真实的写照。这里还与奥斯维辛等死亡集中营一样，也安装了毒气浴室，当年曾有多少无辜的犹太人、外国平民被驱入“浴室”受死。据保守统计，达豪集中营里先后有三万多人被摧残致死。

然而，达豪集中营最出名的还不是以上活动，而是令人发指的所谓“医学实验”。展室里陈列了许多图片、实物及文字，记录了纳粹“学者”以“科学”的名义所犯下的滔天罪行。为了给德军提供有关高空飞行减压、耐寒抗冻及耐渴等方面的数据，以及了解人体对许多传染病的反应状况等，从1939年开始，在希姆莱的带领下，“遗传研究所”在达豪集中营的囚犯身上进行了一系列实验。例如，一个名叫拉舍尔的军医经常组织减压实验，在负压室的囚犯因忍受不了抽真空带来的压力，而发狂地抓自己的头发、面孔和身体，用头撞墙，直至肺部爆裂，吐血而死。然后，死者的内脏则被送到慕尼黑检验。大约有二百多人被逼参加了这项实验，八十多人当场死亡。又如，将囚犯推入冰冷的水里，直到体温降到二十五度以下，再从这些人身上采血检验，并使用各种办法使他们苏醒，甚至包括用几个裸体妓女“肉欲的热量”进行回温实验，但很多人都被活活冻死了。在 1944 年，这里的许多匈牙利人和吉卜赛人被强制喝盐水，在试验期间不给任何食物和淡水，以分析人体在海水中的耐受程度。此外，还在 1200 多人身上进行注射疟疾种虫试验，死亡数百人；在囚犯身上进行败血症实验，在健康人体上随意开刀摘取器官等等，诸如此类，罄竹难书。悲呼！人类为战胜疾病而进行的实验，在这里竟被完全相反地用于灭绝人性的罪恶目的，刽子手拉舍尔曾恬不知耻地宣称自己是人类生理的绝对权威，正如其所言“因为我是用人进行实验，而不是用老鼠进行实验的”。这种事情发生在具有相当知识水平的学者身上，确实是一个值得人们深思的问题。

看完展室的陈列品后，我们在走廊一侧发现了一个小电影室，这里每隔一小时就循环放映一遍反映当年达豪集中营情况的纪录片。看着影片里那一幕幕令人难以置信的惨景，特别是整车拉着的形同动物肉体一样晃动的死尸，使人不由得毛骨悚然，感到人的生命竟是那么脆弱，那么廉价，就像一株株随风飘摇的枯草一样；看着那些形销骨立和我们同样是人的囚犯流出的绝望、求生的泪水，我感到胸闷得喘不过气来，耳旁传来了观看者嘘唏之声。当影片中出现囚徒强作欢颜为来访的纳粹代表团表演的片段时，我仿佛看到被折磨、扭曲的灵魂在悲愤地哭泣，那些被幽默语言逗得大笑的纳粹分子和他们背后的希特勒、希姆莱等人，不正是杀人取乐的魔鬼吗?

离开那座灰白建筑后，按照说明书的指示，我们走向那两排曾是囚犯们居住过的狭长平房。这两排平房仅仅是作为遗址的一部分而保留下来，当年更多这样的平房早已拆去。步入昏暗的室内，但见一排排双层木床紧紧挨挤在一起，那些粗笨的床架恰似地牢里的木笼。置身室内，似乎又看到了照片上那绝望者自杀于床铺中的景象，又似乎闻到了混杂有腐烂伤口挥发出的恶臭气息。我们马上退了出来，沿着路标走向场院一角，那里曾是当年的焚尸炉所在地。在走到坡形地下通道尽头时，眼前出现了铁栏杆，里面紧闭大门的房子就是焚尸房。在铁栏杆后面竖立着纪念碑，碑文记录着当年死难者的情况。在纪念碑后面，几束鲜花围绕着一盏长明灯，那是活着的人们为不幸的死难者所点燃，希冀他们饱受煎熬的灵魂得到安息。

当我们结束了参观，离开集中营返程时，我望着公路上川流不息的车辆，路旁的住宅、商店和安详的行人，不由得又想起了那盏长明灯。那盏灯不仅仅是安慰亡灵的长明灯，更是一盏警灯，时刻照亮着那段悲惨的历史，提醒后世的人们牢记过去的教训。只有制止各种形式的法西斯主义生长、制止战争，达豪集中营所代表的那段罪恶的历史才不会重演！

1995 年初于西北大学

本文原载于（新华社）《视点》1995 年第 7、8 期合刊

漫步鸭川

三月下旬，正是日本春意渐浓时节，因京都大学人文科学研究所邀请之故，我第三度来到京都。

都说京都风水绝佳，城市东、西、北三面环山，惟南向敞开，将阳光尽收怀中。岚山、东山与北山固然为京都留住了四季神韵，而清水长流又何尝不泛出清爽精气？

从居住的京大清风会馆出来，向西行走两百余米，便可见到鸭川。鸭川是京都主要的两条河流之一，位于市区东部，由北向南淌过城市，其水量比城西的桂川要小一些。鸭川与桂川在京都以南交汇为淀川，流经大阪后最终入海。

我没有询问过鸭川的得名，但溪流、草丛中三三两两悠然觅食的野鸭，或许已昭示出其含意。其实，鸭川不仅多见鸭子，而且可看到多种禽鸟：白色、灰色的鹳与鹭鸶凭借身高腿长的优势，穿行水草间捕食；黑色的鱼鹰则蹲立于凸起的石块上，聚精会神地观察眼前的水流，还有乌

作者在京都鸭川岸边留影

鸦和其他一些叫不出名的水鸟也不时飞过。最引人瞩目的还是盘旋于空中的鹰，为都市里所罕见。这里的野生禽鸟如此常见且不避人，既反映出河流生态近乎自然，也说明当地民众爱护动物之心“人皆有之”。

清晨，透过鸭川淡淡的雾霭，满目可见嫩绿的枝条、初绽的蓓蕾和茂密的水草。因为天气依旧凉意习习，惟有几株梅树绽放出或白或粉的花朵，为鸭川平添了几许灿烂，而樱花树大都还是含苞待放，看来要想观赏京都著名的樱花，尚需时日。环顾四周，除了流水声和禽语鸟鸣，便是远处行驶的车胎声和沿岸晨练市民的脚步声，一切都显得那样的安静，全无都市的喧嚣。置身于此，不由得使人心平气和、气定神闲。

驻足观望清澈的河水，起初我纳闷：如此众多的猎食者常居于此，僧多粥少，何以为生？又想起宋太宗朝宰相吕蒙正说过的名言“水至清则无鱼”，不免思忖道：降生于此的小鱼小虾怕永无生存的机会！一日晨间，我终于在河道的石墩之间，看到一群细小鱼苗迎着溪流摆动，令我顿感释怀，原来不绝如缕的生命竟在此得到验证。隔了数天，又在一处坝下深潭中望见几尾超过十斤的大鲤鱼，其体形之大令周边猎食者也无可奈何。想起多年前考察吐鲁番交河故城所见：当地全年几乎无雨，暴露在夏日极高温度之下的荒漠看不到一只飞鸟、小虫，生命看似绝迹。游人需不断喝水，还需遮掩全身以防被炽热的阳光灼伤。但在废墟干硬龟裂的几处地上，竟然发现了小小的蒺藜草，顽强地宣示出绿色的存在，哪怕是微不足道的一星半点。感动之下，我将半瓶水洒给她们，瞬间水便消失得杳无痕迹。看来，造物主赋予世间所有生命以希望，然而如西人“适者生存”法则所言，惟有坚持不屈者方能在逆境中存住一线希望。

沿鸭川向北漫步，过贺茂桥后可在一个河汊西边看到下鸭神社。下鸭神社属日本的世界文化遗产之一，按规矩一般可免费参观。踏入门内不远，首先见到一座不大的建筑，粗看文字介绍，知道是保护女性的神社，内中可观者不多。转了一圈出来，再沿着一条蹊径前行，穿过林木，遂至一院落前。大门仍是常见的橘色，屋宇风格与他处日式神社无异，小巧而精致。院内游人稀疏，著名遗存似乃一座古代灶台，用围栏隔着，只能观看个大致。在国内及欧洲看惯了雄大、壮观的古迹，不免感慨日本文物的稀少，如此也可申报世界文化遗产？但又不得不佩服其保护措施之到位。

步出下鸭神社，不经意间发现门前小溪中竟有一条尺余长的大鱼缓缓蠕动，看起来水浅得无法畅游。一洼浅流，若非有人投食，何至于养出如此昏聩老鱼。

在鸭川经过的四条桥以西，是京都最繁华的商业区，人流如织，但除了几座高大的商厦外，常见的倒是普通建筑，许多店面以经营传统食品、工艺品为主。其中还有南北向并行的数条商店街，只许步行，挤满了游客，可谓“摩肩接踵”，五颜六色的物品令人眼花缭乱。然而，京都毕竟是京都，终以传统文化与风貌为特色，其现代化商业的繁荣程度不及东京、大阪。

向东跨过四条桥，便是祇园一带。祇园素以风月场而有名，其传统艺伎、舞伎业虽已衰落，却仍不失为一景。白昼间的祇园，倒看不出如阿姆斯特丹及汉堡红灯区的模样。听朋友聊天说：含蓄的日本文化与西洋有别，自然不会大张旗鼓地表露出来，而一些传统的酒屋是陪酒不陪身。某些知名老教授从年轻时起，便长期光顾固定的酒家，留下许多风流佳话，甚至多年前剩余的酒还被贴上标签保留至今。岁月流转，数十年后，年轻貌美的女子虽已容光不再，而多情人仍偶尔再来，杯盏间旧梦重温。听罢，不由想起前段时间放映的影片《非诚勿扰》，主人公在北海道居酒屋遭遇的可笑一幕，或可算作另类注脚。

鸭川沿岸，住宅半隐于树丛之中，大多是含院落的两三层建筑，或日式或西式，给人以清静、安逸之感，其派头超过促狭的普通民居，显然多为富裕者居住。然而漫步通过每座桥下时，又可看到用纸箱板和蓝色塑料布搭建的小棚，乃是流浪汉的居所，大小仅够一人容身。值得一提的是，这些棚子排列整齐，其周遭也大致整洁，少见垃圾、杂物。由此可见，纵然选择流浪的生活方式，但其洁净的民族习惯依旧有所保留。

观万年流不断鸭川，伤往昔八水绕长安盛景之不再；顾千年京都历史演化，感其传统绵延之不绝。游历过许多发达国家，最动人心的不是了无生气的高楼大厦和时髦物件，多年累积而就的民风习俗、老屋旧街与未加破坏的自然风貌，反而能牵动日渐麻木的心境情愫。

安静的京都，总令人难以忘怀。当年，国学大师王国维寓居京都期间，除了探究著述古史、与京都学派开山者内藤虎次郎（号湖南）交游甚洽外，是否也被鸭川景致所动而沿河散步过？是否也曾遐想万千？

本文原载于《美文》2009 年第 7 期

谒范园

范仲淹的墓地称范园，位于河南伊川县的许营村，占地八十余亩。范园北依和缓的万安山，南向开阔的田野，从古人堪舆学的视角来看，属于一处风水佳地。

在周边农田的映衬下，稍高处的范园显得孤寂而苍凉。一圈围墙上露出许多苍翠的柏树，门前一座石拱小桥，通向千年的范公墓地。

范园内的建筑古旧简朴，许多青砖上长着苔藓，路旁有不少荒草，而游人稀见，车马几绝，给人一种凄冷、衰败之感。不过，这倒为拜谒者提供了难得的清静氛围。

入园后，所见牌坊、石像等历经岁月磨砺，已有些模糊不清，但“先天下之忧而忧，后天下之乐而乐”的名言，仍彰显于前院醒目位置，令人肃然起敬。

在范氏祠堂左侧前，有宋仁宗至和三年（1056年）立的范文正公神道碑，碑文由范仲淹好友欧阳修撰写。风

范园

化的碑文在玻璃罩保护下，难以辨识，有心者可在《欧阳文忠公文集》中看到数千字的全文。作为多年的追随者，欧阳修满怀敬仰之心，挥洒巨笔，记述和赞颂了范仲淹的生平事迹，文辞优美，语句感人，早已成为传世名篇。神道碑的碑额，则是宋仁宗御书的“褒贤之碑”四字，代表了宋家皇帝对这位故去贤臣的褒奖。祠堂右侧前，另有几方明清两代官员所立碑石，祠堂内还有清代光绪皇帝题写的匾额，这从侧面显示出墓主在后世人心中的崇高地位。

要说宋代最具人格魅力和影响力的士人，首屈一指者非范仲淹莫属。宋太宗端拱二年（989 年），他出生于苏州吴县（今属江苏），宋仁宗皇祐四年（1052 年）去世。

范仲淹出身孤寒，幼年丧父，随母改嫁到朱家，改名朱说。后刻苦读书，科举入仕，恢复原姓。他做官为民兴利除弊，不畏权贵，多次遭到打击，官至参知政事，并在宋仁宗庆历年间主持了一场新政改革。

范仲淹是开宋代士林风气之先者。唐末五代百余年战乱，武夫悍将跋扈，文人动遭杀戮，直到北宋前三朝，官员仍有浓厚的自保意识，遇事多明哲保身。范仲淹是第一位勇于担当天下的文臣，以国家兴亡为己任，自此而开士大夫强烈报国之风。宋代地方学校之兴起，也与范仲淹的积极倡导和实践分不开，因此推动了教育的普及，使平民子弟获益良多。难能可贵的是，在宋夏大规模战争爆发后，书生出身的范仲淹主动请缨，在西北战场鏖战多年，与另一位文臣韩琦齐名，被世人称为“韩、范”。想当年，面对延州（今陕西延安市）城外连营的敌军和城内难辛的丁壮，他曾在城头写下了《渔家傲·秋思》，“四面边声连角起，千嶂里，长烟落日孤城闭”“人不寐，将军白发征夫泪”之句，道出了其艰苦卓绝的处境。范仲淹诗文享誉当世，《岳阳楼记》抒发的忧国忧民情怀，令多少仁人志士前赴后继，由此树立了中国古代知识分子的标杆。

要说范仲淹为名臣，自当之无愧，但实不足以概括其一生功德。因此，斯人长逝后，朝廷议定谥号为“文正”，乃是令官员最羡慕的美名。“文”表示才学精绝当世，“正”则表示品格高尚正直，也就是道德文章皆属楷模。

范仲淹殁后，其志同道合者韩琦、富弼、文彦博三位名臣，都先后获得重用，成为历仕宋仁宗、英宗和神宗三朝的宰相。就官爵而论，三人更为显赫，但其功业名望，无论是在宋代还是后世人眼中，都似乎不及范仲淹高大。

范公墓位于范园祠堂之后。一冢黄土，掩不住千古正气，几多碑石，述不尽万古追思，而“高山仰止”的石牌大字，正表出公道自在人间。纵是女真、蒙古建立的金、元、清王朝，范园依旧受到祭奠。

范园内，还有范仲淹母亲秦国太夫人及长子范纯祐之墓。在范园西北一里之处，另有范仲淹其他三子及后代的墓地，其中次子范纯仁在宋哲宗朝官居宰相，其事迹亦足以光耀范氏门楣。

青年毛泽东曾面对滚滚而去的湘江，发出过“粪土当年万户侯”的感慨。的确，在无情的历史长河中，那些富贵至极、钟鸣鼎食的王侯将相多已无处寻觅，所谓“青山遮不住，毕竟东流去”。惟有如范公者人物，“宁鸣而死，不默而生”，才能千古流芳。

本文原载于《中国社会科学报》2011 年 2 月 24 日第 19 版“后海”

口外行纪

今年七月下旬，西安连续“高烧”不退，气象台称最高温度 38 度，但实际的感受是超了。昼夜难熬，无奈之下，只有暂别关中。选择的去处是避暑胜地张家口，还因为那里有朋友热情相邀。

行前，我简单查询了一下地理资料，张家口除市区外，下辖 13 个县市：宣化、张北、康保、沽源、尚义、蔚县、阳原、怀安、万全、怀来、涿鹿、赤城及崇礼。因阴山横贯其间，张家口在自然地理上形成坝上、坝下北南两大区域，其中北部接壤内蒙古乌兰察布草原，山峦起伏，林草密布。故当关内酷暑难耐之时，被称作张家口市以北的口外坝上却是凉爽宜人。

以自己历史专业背景所知，这里长期是农耕与游牧交汇之区，受到中原王朝与北方游牧政权的交替管辖。早的不说，隋唐时期，这一带是涿郡与河北道下的地界。五代

作者在坝上留影

以降，辽金两朝曾先后统治此地三百多年，属西京道、西京路地面。在元帝国空前辽阔的疆域中，这里归中央直属的腹里（类似特别行政区）管辖。也就是说，这里四百多年间都在少数民族治下，习俗难免混杂多元气息。到了明朝，为防御北方蒙古军南下，继秦始皇后第二次大修了长城，并在长城沿线设立九大驻军防区，号“九边重镇”，颇类似今日之大军区，宣化府（如今张家口市的宣化区）即其中之一，又因是北京门户，被时人视为九边之首。想当年，宣化与西边的大同一线是折冲蒙古骑兵的要害，为此专门设置宣大总督一职，驻节于宣化府，是故宣化府名重一时，经贸、文化亦随之昌盛，号称“京西第一府”。明朝还在长城沿线外修筑了众多要塞城堡，屯兵控扼，为前线犄角。正统十四年（1449 年），明英宗情绪高涨之下亲征蒙古瓦剌，结果在土木堡（今河北怀来县城东）全军覆没，大明天子与随行军政要员都做了俘虏，震惊天下，史称“土木之变”。现今张家口境内便不乏这些堡寨遗迹。到民国时，察哈尔省的省会便是张家口，从此地位超过了宣化。

出游的第一站，是张家口市东北的崇礼县，与几小时前途经的北京雾霾漫天相较，这里天色泛蓝，空气亦清，傍晚散步，顿感凉意。咦！暑气何有？崇礼多山，原本贫困，不过开发缓慢倒有益生态。近期，北京联手崇礼申报冬奥已跻身候选之列，以如今中国的影响力，胜出大概也不成问题，小城便不失时机打出了冬奥的旗号。我们自然也要先睹为快，遂驱车上翠云山。满目所见，俱茂密林木、葱翠草场，有河北体育集训地隐现其中。行车中，当地友人数指滑雪场所在，实乃花草遍布之山坡，想必冬日大雪覆盖，方能显雪道壮观气势。登巅四顾，群山起伏而舒缓，故景色开阔。因为气候干旱少雨的缘故，植被异于内地，多耐寒、耐旱的松树、杨树及杂七杂八的灌木，杂花遍地，蜂蝶却不多，缠人的蚊蚋倒也稀，还有便是少闻鸟鸣。随后，出崇礼境，再登近邻的张北县桦皮岭，其景与翠云山相类，惟夹杂零散的桦树林。要说的是，此地桦树大都低矮，不及大兴安岭的高大笔直，也未能遍山，号称桦皮岭，似乎为过。

第二站是张家口市北面的张北县腹地。张北靠近内蒙古，地域辽阔，是典型的坝上。从崇礼驱车向西北方行进，有意选择了穿越“天路”。这是一条两县之间的盘山公路，从入口眺望极为壮观：大路朝天，一直穿过林木茂盛的山岭。行驶过第一道山梁后，转几个弯，又开始起起伏伏，似乎永无尽头。沿途视野开阔，风景壮美，山梁上高大的风力发电塔如林，转动的叶片呼呼作响，山坡间有大片梯田，绿色的玉米与莜麦尚未成熟，而淡黄的油菜花、紫色的胡麻花交替，尤其是几近腰身的紫红色地榆花随风摇曳，挤满山谷。置身其间，恍惚听到韩红悠扬的歌曲《天路》，使人不免遐想，此路莫不是通往天国？几件见闻值得一提：其一，路是往返皆单行，多辆小车因马力不足卡在大坡路上，造成堵车长龙，只好几人帮着推车，才勉强通过，开车与乘车的人见此都不由得感叹：车好才是硬道理！其二，有人随意在路边停车，兴高采烈地观景照相，也诱发路线一时的“肠梗阻”，引得众人的不满指斥。其三，在一片绚丽的胡麻田里，游人无不涉足留影，踩踏出几平方米空地，一个皮肤黝黑的农民木讷地劝阻，有好事者建议收点费作为补偿，大伙皆曰：好！没问题。可质朴的农夫无意采纳。看来，商品意识尚未熏染深山，一桩赚钱的生意只能白白流失。及至下山转入国道，身后的天路迅即无影无踪，一段美丽传奇就此留存心中。

张北旅游的一个招牌，是在草场上骑马，感受一下成吉思汗的成就，沿途所见不下十余处。有游客骑上一匹马，撒腿才走了几步，竟带出一只愣头愣脑的小马驹形影不离，原来它母亲已混迹生意场中，为主人干活。必是传统蒙古民风的流播，这里的“农家乐”或可称“牧家乐”，主打羊肉美食，其中烤全羊又是必吃经典。在不少院落外墙上，刷着“吃蒙餐，喝蒙酒，当蒙男”的雷人广告语，令人印象深刻。我们找到预约的那一家，也有这么几笔。羊肉之味美，古人早已明白，如鱼、羊两字构成的“鲜”字所昭示，而“挂羊头卖狗肉”一语，骂的就是用廉价狗肉冒充珍馐羊肉的投机行为，至今仍被用作“以次充好”的成语使用。汉魏时，有羊羔酒兴于宫廷，“色泽白莹，入口绵甘”，宛若羊羔之味美。唐朝以后更广受追捧，唐明皇就曾给杨贵妃送羊羔酒作生日礼物。元人李德载的散曲《阳春曲·赠茶肆》有“金樽满劝羊羔酒，不似灵芽泛金瓯”的赞誉之句。在传统戏曲《空城计》中，诸葛亮唱道“我有羊羔美酒，犒赏三军”，也是以此寓意美酒佳酿。据说，酿造此酒须加入羔羊鲜肉，故还有滋补之效。总之，羊肉与美酒相联，总让人遐想不已。宋朝第四代的仁宗皇帝，据说生活节俭，一日夜里想到京城内著名的“仁和”家羊肉，口馋得竟夜不能寐，最终还是怕扰民，只好忍住口水熬过。宋人张耒《冬日放言二十一首》云：“寒羊肉如膏，江鱼如切玉。肥兔与奔鹑，日夕悬庖屋……”即将肥羊列在诸味之首，足见当时人对羊肉的喜好。苏东坡“秦烹唯羊羹”的赞美话，被陕西人视作羊肉泡源远流长的证据，真伪姑且不论，羊肉广受喜好却是不争的事实。滋滋作响的烤全羊上桌，几乎可称气势恢宏，整整一大铁盘，总有三十几斤，外皮泛焦黄至深棕色，用刀划开，则显出淡红色的嫩肉、乳白色的脂及筋，香气四溢，充斥口鼻。众人先是赞叹一声，接着双手并用，松脆的外皮与颇具韧性的嫩肉蘸着浓重的佐料入嘴，真是大快朵颐啊，令口腹充满欢愉！此时此刻，绝对缺不得烈酒，朋友们举杯共饮，豪情顿时涌起，古今多少事，都付笑谈中矣！我想起《水浒传》中大碗酒大块肉的英雄豪杰，大概在吃喝上不过如此。唯一遗憾的是，时逢夏季，食客汗水频出，苍蝇飞舞，不免令人分神。

位于北接内蒙古的沽源县城南十几公里处，有“五花草甸”，是此行第三站的主要景点。由数千亩草甸构成的五花草甸，名字听上去就很美，身临其境，确能感受到一片大美的景色。弯弯曲曲的木制长径深入景区，游人穿行于其间，被四周盛开的五颜六色草花所包围，令人目不暇接，此景只合天上有，缘何流落到人间？若非炽热阳光普照，还真有一点爱丽丝梦游仙境的感觉，其“天下第一草甸”“华北最美花海”之誉，看来并非虚名。指示牌标注出许多花朵的名目，金莲花是其中最有名的一种，此花有清凉解热之效，惹得个别游客忘记“路边的野花不要采”的歌谣，竟然翻下围栏去采摘。其实，这一带店铺、摊点多有售卖，也不贵，又何必让五花草甸少了几许颜色？

离开沽源，折返至下一站的赤城县。途中，要经过独石口，此地形势险要，属外长城南北的要隘，明朝即已修筑堡寨，成为抵挡漠北的一处雄关。康熙皇帝率大军亲征噶尔丹，往返皆驻跸过独石口。落日余晖下，残垣断壁寂寞无语，惟有几只鸦雀与风声扫过，昔日金戈铁马的景象早已烟消云散。时光就是这般残酷，历史同样无情，曾经的辉煌终归消退，曾经的壮烈也难觅踪迹，令多少慷慨悲歌之士为之无奈，正如孔夫子望着流水所叹息：“逝者如斯夫，不舍昼夜。”

赤城县境内的云州水库，是白河上一座兼顾防洪与灌溉的水利枢纽设施，面积不小，但外来者的兴致还是在于当地特色的铁锅炖鱼。在库区边一户院落，我们品尝到从水库里打捞的白鲢鱼——用传统铁锅炖熟，依然是重口味，还有油煎的小虾和土鸡蛋，加上采摘的新鲜玉米、豆角、野菜以及土豆，或清蒸或凉拌，恰与大馆子里食不厌精的菜肴形成对比，让久居都市的人入口难忘。

赤城有名闻遐迩的冰山梁，为坝上最高峰，海拔2200多米，是地质时代留下的遗迹。行车路上，人烟稀少，偶见几匹马在山坡自在吃草，与其驮着游客的同类相比，可算是优哉游哉，不知它们可知晓？景区入口处，只有几间简易小屋和两三位清闲的门卫。爬过九曲十八弯的山道，目睹沿途风光后，终于登上山顶。打开车门，山风阵阵，寒意袭人，车上温度表显示只有十四五度，零星的几个游人大都紧抱双臂。我虽早有准备，身穿长衣，却也颇感肌肤清冷。站在山梁上，但见乌云低垂，浓雾不时飘过，忽而弥漫，忽而消散。放眼望去，四周朦胧的远山一派青黛色，偶尔一道阳光穿透云层，照出远处一小片色彩斑斓的山坡，仿佛世外桃源，又或人间仙境，似与北欧所见相近。这里灌木稀疏，耐寒的花草倒是旺盛，随风起舞，尤其是在岩石空隙之间长得更为茂盛。在成排高大的风力发电塔衬托下，怪异嶙峋的石头尤为醒目，许多巨大的岩石块自然地堆积在一起，层层叠叠，宛若人为加工所致，形成了一道道令人叫绝的天然景观，这都是很多万年前地质时期冰川运动的遗产。还有一道石块堆积的矮梁，隐隐约约伸向远方，或为俗称的野长城也未可知。置身如此空旷而高远之处，不仅有一览众山小的感觉，诸般烦恼杂念亦随风飘散。

赤城多温泉，位于赤城县城西七八公里的山谷中，有号称“关外第一泉”的温泉小镇。据记载，康熙皇帝曾陪同祖母孝庄皇太后在此驻跸，沐浴过多日。从住宿的老式招待所出来，走上几百步就到温泉景点。此地距京城不算远，故京津口音的游人不少。在一处标明“胃泉”的泉眼前，许多人拿着瓶瓶罐罐排队接水，此泉水温达59度，据说有益脾胃。有些人则干脆脱掉鞋，在下面的温汤溪流中泡脚，脚与脾胃虽风马牛不相及，但也不妨享受一番。还有眼泉、平泉、气管炎泉及冷泉等，或因所含矿物质不同，所以声称可治疗眼疾、皮肤病、风寒或呼吸道疾病，总归是可以养生，能使耳聪目明。这里植被繁茂，气候宜人，两日登山途中皆逢阵雨，凉风习习，令人神清气爽，早已忘却此时还是暑天。路边小摊叫卖着山货，各种野生菌菇气味浓郁，最诱人的大概是晾干的口蘑，城市里超市中的货色如何能与此相比？

从赤城南下，最后出游怀来县。怀来与北京延庆县相接，其沙城以盛产葡萄和葡萄酒声名远扬，不过气候已不及以上诸县凉爽，空气质量也近乎京城。我们在此虽仅停留一日，不过午间吃到的一顿农家餐，仍让我们感觉不虚此行。在靠近山丘的公路旁，一户看似寻常实则有名的农家乐餐馆，吸引的都是过往熟客，因为周边少有民居。朋友点了菜，主人一面忙活，一面招呼说：“地里种的，喜欢的只管说。”在屋后的菜田里，看到成熟的南瓜、番茄、豆角、土豆以及玉米，新鲜而自然，应该是天然时蔬。坐在屋旁高台上的凉棚下，闲聊中一个腼腆的小伙子陆续端上饭菜。开口一问，竟是多道野味，有野猪、野兔、野鸡之属，一概家常炖法，蒸熟的南瓜、土豆与玉米模样清新，众人皆曰："好极！"真是食过方知乡野好，哪管菜系和技巧。难得的是，吃喝间有微风不时拂过，蚊蝇不扰，动手动嘴无忧，从容不迫自胜于之前几家。到了结账，花销不过四百多块，实在是好吃不贵。

有道是没有不散的佳筵，也无永无尽头的道路。别了，热情真诚的朋友，美好难忘之行就此打住。末了，要说的是：张家口风景真好，人更好！听说口外的阳原县产玉，声名才起来，因时间缘故没去看过。但我想，阳原玉一定是那种朴拙的大美，宛若古代和氏璧传奇中的璞玉，须得慢慢雕琢才能欣赏到它的无价，正如张家口民风之淳朴实诚，不是写在脸面、挂在嘴上，而是由内及外自然挥发。言归正传，就旅游而言，我要由衷赞美张家口：海内避暑，无出其右！

2014 年 8 月 16 日于西北大学

本文原载于《美文》2014 年第 12 期

西大历史系二三事

七十多年前，抗日战争烽火兴起之际，有一些学生在西北大学或称西北联大的历史系就读。这得作点解释：当年，国民政府为了保住民族高等教育的血脉，将许多即将沦陷地区的大学迁往后方，在昆明组建了著名的西南联大，又在西安、汉中组建了另一所学府，先后命名为西安临时大学、西北联大，由内迁的北平大学、北平师范大学、北洋工学院等与西北大学合并建立。紧随西南联大之后，西北联大大概是当时中国另一所举足轻重的大学。

当年历史系的学生遭逢国难，颠沛流离，与民族同担不幸。他们又是幸运的，因为一时史学名家云集，如黄文弼、陈述、周传儒、萧一山、王子云、杨向奎、谢国祯、马师儒、史念海等一批学者于斯执教。其中陈述为著名的辽金史专家，谢国祯、萧一山分别以治明史、清史闻名，杨向奎是知名的古代政治思想史研究者，史念海则是日后的历史地理专业权威。惟有特殊的岁月，才能获此学习良机，所以学生们又是幸运的。有意思的是，与鲁迅关系密切的文学家许寿裳，曾出任历史系主任。以后，西大被定名为国立西北大学，直到新中国建立之日。

我是全无西大背景，20 世纪 80 年代中后期才分配至此，但时间久了还是逐渐熟悉了历史系的前世今生。“文革”前，西大历史圈子荟萃了多位国内顶尖学人，如新中国成立之初，首任西大校长的侯外庐先生，是与范文澜、翦伯赞等先生比肩的著名马克思主义史学家，以研究中国社会思想史而自成一派；陈登原先生出版的《国史旧闻》等多部著作，奠定了其全国名家的地位；马长寿先生因故从复旦大学调入，是当时西大少有的名教授，其开创性运用民族学、人类学的方法对古代民族历史进行研究，终成中国民族史的一代宗师；颇为特殊的是，陈直先生早年做过学徒、小职员，但痴迷古史，潜心学问，尤精于《汉书》研究，虽因非科班出身，职称不高，但在秦汉史学界广受尊重。还有郭绳武、黄晖、冉昭德、姚学敏、张岂之、彭树智、李之勤及林剑鸣等许多先生执教。所以，历史系的学生依然享受到优厚的“待遇”。

我初来西大历史系任教时，张岂之先生正做校长，他是有名的中国思想史专家；系主任彭树智先生是南亚中东史研究的知名学者。他俩分别主持两个博士点。那时，系

作者在西大历史学院门前留影

里教师规模颇大，有七十多人，仅中国古代史专业就有十多位老师，分在中国古代史教研室和秦汉史研究室中，还不包括另外建制的西北史研究室的一批学者。当时，全国秦汉史的研究中心即在于此，林剑鸣先生是中国秦汉史学会的会长，黄留珠、周天游、余华青等几位中青年教师，都已在秦汉史学界有相当的知名度。还有与我同辈的张懋镕、黄怀信、葛承雍、李颖科等同事。1989 年，西大与陕西省文物局联合办学，在历史系基础上组建文博学院，彭树智先生出任院长。其实，一直是文博学院与历史系两个名字并用，包括了历史、考古、文物保护技术、博物馆学、档案专业等等。现在回想起来，当年确是西大历史系辉煌的岁月。

再说说西大历史系的学生。2007 年历史系成立七十年庆典上，我作为文博学院院长在致辞中，除了汇报拥有国家重点学科、一级博士点以及“211 工程”国家立项等情况外，还自豪地说道历史系培养了大批优秀人才，特别强调了时任国务院副总理的王岐山就是其中之一，大家都笑了，随之报以掌声。其实，在全国各领域都有系里的学生，尤其是院校、科研机构、文化单位里更为集中，仅我自己带过的学生，就有在科学院研究生院、南开大学、中山大学等地执教者。值得一提的是，现任中国秦汉史学会会长与中国人民大学国学院教授王子今、《中国史研究》主编兼中国社科院历史所研究员彭卫、国家文物局文保司司长宋新潮、中央民族大学民族学与社会学院院长杨圣敏、中国社科院世界宗教研究所研究员魏道儒、国家文物出版社总编葛承雍、《西安日报》与《西安晚报》总编李颖科等等，以及许多业务部门、政府机关的领导干部，都是改革开放以后从西大毕业的弟子。

十多年来，历史专业作为教育部确立的“国家文科基础学科人才培养与科学研究基地”，是西北大学仅有的两个文科基地班之一，每年可以享受到高考首批录取的专业待遇，招收到一批批优秀的本科学生；在国家需求逐渐旺盛的形势下，考古与文保专业已渐趋热门；学院各专业的博士生、硕士生也越来越多，眼看就要超过本科的规模，真是既喜又忧。年年看着他们进来，又岁岁望着他们离校。他们肯定能超越学长，他们是学校和学院未来的骄傲。

回想七十余年，已弹指挥过。如今在面临内外诸多困难的情况下，拿什么续写篇章以回报西大历史系、文博学院的先贤、弟子，确是一件所有执事者都必须深思的大事。

2008 年 12 月于西北大学

本文原载于《美文》2009 年第 8 期

补记：当年写作这篇小文之时，西北大学文博学院内外出现了分家的议论，我作为时任院长虽然持反对意见，却承受了来自上下的许多压力，颇为苦恼。故此文末有“如今在面临内外诸多困难的情况下，拿什么续写篇章以回报西大历史系、文博学院的先贤、弟子，确是一件所有执事者都必须深思的大事”的话。2010 年 7 月，文博学院终于分家，分设历史学院与文化遗产学院两家单位。如今看来，这倒是好事，两人共分一块蛋糕，不如各自独享一份。目前，两个学院都发展良好，对学校的贡献也更大了。

2021 年初夏于终南山下

访谈｜西北大学历史学院院长陈峰：宋代何以文盛武衰

【编者按】宋代经济文教及科技的发展达到空前昌盛的局面，这是海内外学界所公认的。但宋朝在边防上却长期被动挨打，先后两次亡于边患，终以“积弱”著称于史。在宋史研究学者、西北大学历史学院院长陈峰教授看来，

陈峰教授

这种“文盛武衰”的时代特征及其引发的悖论，无疑是史学研究者需要解释的重大问题。澎湃新闻实习生张弛、王旭，就宋代军政特点、治国思路等问题专访了陈峰教授，以下为访谈实录。

澎湃新闻：您是怎样走上宋代军政史研究道路的？对于您来说，和两宋其他研究领域相比，这一领域有着怎样独特的魅力？

陈峰：1984 年，我师从史学家漆侠先生学习宋史，最初以宋代漕运为研究对象。毕业到西北大学工作后，有十多年时间仍重点探究漕运专题，并由宋代延伸到前后时期，发表过一些论著。大约在 20 世纪 90 年代后期，我开始从经济史转向军政史领域，这还是源于自己的兴趣。

我想，大概所有男人自小都有喜枪弄棒的爱好，对军旅一类的事情充满好奇心。记得在“文革”后期，正上中学的我读到古代的《三国演义》《水浒传》《说岳全传》，以及现代学者林汉达先生写的《春秋故事》等书，很为历史上英雄豪杰的事迹着迷，也想了解更多的战争内容。所以，当我大致忙完了手头的漕运问题后，便自然有圆少年时代之梦的冲动。最近，我在读老友李伯重教授馈赠的《火枪与账簿——早期经济全球化时代的中国与东亚世界》，在序言中发现这位著名的经济史专家也有类似的心迹表露。

当然，在教学与学术交流中，有一个悖论常常困扰着我，就是海内外学界公认的，宋代经济文教及科技的发展达到空前昌盛的局面，如前辈史学家陈寅恪所评说：“华夏民族之文化，历数千载之演进，造极于赵宋之世。”但宋朝在边防上却长期被动挨打，先后两次亡于边患，终以“积弱”著称于史。这种“文盛武衰”的时代特征及其引发的悖论，无疑是史学研究者需要解释的重大问题。其实，这正是宋代军政史领域具有的独特魅力。应当说，我转向这方面研究也有试图寻找答案的动机。

宋代军政史是一个笼统的概念，既包括当时军事范畴内的各种问题，也包含军事与政治及社会的互动关系方面。我认为该领域研究主要有三项意义：其一，尽可能厘清宋代军事力量的状况、效能及其弊端，包括军事战略思想、决策指挥体系、军队结构、作战方式乃至于军礼等演变，从而为加深认识宋朝边防失利的根源提供依据；其二，相较于对宋朝文臣士大夫的关注，武将及其相关问题则显得要寂寞许多，对两宋的武将群体进行系统考察，可以比较他们在中国历史上角色、地位及作用的变化轨迹，并透视由此带来的影响；其三，在进而探究宋代军事与政治之间互动关系的基础上，可以透析“崇文抑武”方略导向与社会风尚背后的复杂动因，从而进一步揭示宋朝时代特征形成的根源。

以往学界对宋代军政问题已有许多的研究，或有专门的论著；或在其他著述中有所涉及，如张荫麟、邓广铭、聂崇岐、漆侠、王曾瑜和海外前辈学者的相关论述；还有近年来发表的一些论著。但全面与多维度的论述似乎还不够，故在前人基础上进一步探究宋代军政史很有必要。

澎湃新闻：在您的论著中多次提到，宋代的治国思路是实用主义、现实主义的。那么，您认为造成这一特点的原因有哪些？

陈峰：与以往的秦汉隋唐等王朝相比，宋朝的治国思路的确有实用主义或现实主义的特点。我个人认为，其原因主要有四方面，并且是逐渐递进交织而形成的。首先，根源可以追溯到宋朝开国初期。用清初思想家王船山的话说：赵匡胤既非贵族世家出身，也不是胆魄超群的乱世奸雄，登基前无赫赫之功，所以不仅无法与汉唐开国帝王相比，也不能与曹操、刘裕之流比拟。因此，宋太祖建国后便满怀畏惧之心。（王夫之《宋论》卷一《太祖》）也就是说，宋太祖缺乏宏大的气魄，凡事都谨慎行事，求稳惧乱，通常立足现实考虑问题，他的宰辅大臣在施政上也自然与之适应。最典型的例证如：当年收兵权就是通过委婉赎买的方式完成，而不像以往朝代那些帝王通常采取杀戮的手段直接剥夺。对统一各地的部署，也是采取稳妥的先易后难的“先南后北”战略，甚至对辽朝占领的幽云十六州地区，也曾优先考虑过经济赎买的方式。宋太祖的实用主义治国思路，开创了宋朝治国的重要特点与倾向。

其次，随着宋太祖朝收兵权与抑制武将集团方针的推进，特别是宋太宗第二次北伐失败后重心转向内部，确立了“崇文抑武”的治国方略，于是统治集团的构成发生重大变化，即军功集团迅速在政治上消解，科举出身的官僚日渐成为政坛的主体力量，而这种变化直接影响到当政者的施政思维与方式。也就是说，伴随军事贵族的消亡，通过军功上升的通道受阻，社会精英遂集中到读书科考之路，相较于以往秦汉、隋唐军功贵族对大一统帝国的追求，宋朝科举文臣设定的目标更为实际，也更加理性，通常抵触过于冒险的举动，这就进一步推动了实用主义的盛行。或许从另外一个角度看，宋代的英雄主义意识逐渐淡化，而现实主义观念显著增强。

再次，宋代又是商品经济空前活跃的时代，在国家财政收入中，货币的比重日益加大，其中商税和专卖的收入逐渐超过农业收入。这种变化对宋朝统治者的决策思维，无形中产生了影响，即计算成本的意识增强，迫使他们更为关注现实利益，从而助长了实用主义政治的流行。如宋太祖朝就解除了开封城的宵禁管制制度，加上坊市限制的瓦解，城市经济生活的能量得到巨大释放，官方则无疑从中获利匪浅。另外，宋朝对民众人身的直接控制逐渐放松，也就是通过税收的手段来取代。再如宋朝惯用议和方式化解边防危机，便与市场交易意识的渗透存在关联。像北宋中叶名臣富弼指出："澶渊之盟"不算失策，因为所付出的经济代价比之交战的军费开支，不及百分之一二。甚至于在应付下层造反时，宋廷也考虑招安的方式，同样具有降低成本的用意。

最后，一方面随着宋朝政治呈现宽松的氛围，另一方面随着教育与知识水平的显著提高，宋代的社会意识都变得更为开放，以至于长期遭受抑制的人性在一定程度上获得解放。遥想当年，两宋时期城镇中贴近百姓生活的市民文化流行，传统的士大夫不仅出入佛、道，也不同程度受到市井气息的熏染，甚至宋朝的很多皇帝亦不能免俗。这种前所未有的浓郁的世俗化、商业化氛围，对传统而僵硬的思想观念产生了巨大的冲击，当然也会潜移默化地影响到统治集团，为现实主义、实用主义治国思路的出台，提供了观念意识上的支撑。

澎湃新闻：宋代长期存在着"以文驭武"、文臣统兵的现象。文臣主兵是否能给文臣带来在疆场上历练的机会，从而在一定程度上弥补文武殊途的弊病呢？

陈峰：在宋朝"以文驭武"规则下，文臣通过统兵和指挥作战，的确有在疆场上历练的机会，宋代历史上也出现过几位颇有贡献的儒将，如北宋的张亢、王韶，南宋的辛弃疾、余玠等人即是如此。若要说因此可一定程度上弥补文武殊途弊病的话，只能算勉强有之。因为这个问题比较复杂，以前官员在职责上有文武分工，但在身份上却并无明显隔阂，也谈不上彼此的绝对尊卑，如“出将入相”的现象在秦汉至隋唐时期相当普遍。而在“崇文抑武”治国理念导向下，宋朝的制度设计则终止了以往的传统，使文臣与武将在身份上产生巨大的鸿沟，彰显出的标识是文尊武卑，文官自然不愿踏入行伍之列，武臣更难以转为文官，“出将入相”当然不再重现，从而严重削弱了武将的地位与吸引力。

在宋代很长时期里，文臣只要资历够了，即使完全懵懂军旅，仅善于纸上谈兵，也可主管军事，上可以出任制定军事决策的枢密院首脑，下可以就任战区的统兵指挥官，武将则只能成为副手或部属。同时，文臣出任将帅后，通常不放弃文官的身份，像范仲淹在主持鄜延路御夏战争期间，便与另外几位同样背景的将帅坚决抵制了改换武官的诏命。于是，宋朝大多数文臣纵然投身军旅，其实并未置身沙场交战之中，既不可能成长为真正的名将，事实上也不愿成为将军。因而，宋朝文臣主兵，更多暴露出的是短板，这就很难弥补文武殊途的弊端。两宋边防长期限于困境，与此有相当大的关系。

澎湃新闻：宋代的治国理念有哪些成功之处值得我们今天效法？又有哪些失败的地方必须引以为戒？

陈峰：从后世批判总结的角度来看，宋朝治国理念中正反两方面的内容都值得关注，其中可为今天借鉴的正面内容主要有三点：其一，在施政中重视发挥制度的约束作用，减少统治者随心所欲的干扰，这有利于经济社会的稳定和发展；其二，倡导开明宽松的朝政环境，避免了偏激暴政的结果，从而缓和了社会矛盾冲突，也使两宋统治维持三百多年；其三，始终高度重视文教建设，为此持续投入和弘扬，使得宋代文教科技取得非凡业绩。

宋代治国引以为戒的反面内容也主要有三点：其一，过于“崇文抑武”与重内轻外，因此为了追求内部稳定及文治成就，过度抑制武力因素的作用，由此导致边防长期被动失利；其二，在统治中过于重视调和矛盾，倚重怀柔手段，既不利于军事建设，同样导致官场积弊丛生，当政集团的进取改革精神相对淡漠；其三，各种制度、规矩设置过滥，繁文缛节盛行，造成人浮于事、效率低下的积弊。总之，凡事需要把握尺度，不可过犹不及。宋朝留给后世的最大的教训，就是必须保持文治与武功之间的平衡，所谓“忘战必危”。当然，也不可片面汲取这一教训而走向反面，因为还有相对应的教训，就是“好战必亡”。

澎湃新闻：2015 年，人民出版社出版了您主持撰写的《宋代治国理念及其实践研究》。这本书是在您的主持下，由几位老师共同编写的，属于集体创作。您认为和个人论著相比，这种集体创作有什么不同？作为主编，您是如何统筹全局，保持全书整体观点、思路顺畅一致的？

陈峰：这本书是我主持的一个教育部社科项目的产物，课题组成员包括校内外四位教师，主要从事宋史及隋唐史研究，其中两位是我以前的学生。正如你所说，集体创作与个人写作明显不同，因为多位作者各有特点，除了论证方式、行文风格上的差异外，更重要的是对主题的理解不尽相同，这就不免产生各自内容衔接不畅的问题。好在这本书前后延宕了五年多，使我们有较充足的时间思考。我多次召集大家讨论，各人不仅要谈自己承担内容的情况，还要围绕主题、线索、关节与别人的部分发表见解，我则一面集中大家的思路，一面汲取有益的见识，还要时常督促进展。在各自交出初稿后，我先后逐字逐句审阅了三遍，分别提出修改的具体意见，个别的部分又不止于此，最终大致保持了整体观点与思路的统一。老实说，集体合作写书是件很麻烦的事，要想做到全书完全一致是不容易的，只要各自章节大体能保持一致即可，关键是思想见解不能与主题冲突或背离。

澎湃新闻：除了学术著作之外，您还创作了如《生逢宋代——北宋士林将坛说》这样的通俗读物，既具备可读性，同时又深具学术水准。不知您如何看待历史普及读物的创作？应怎样处理学术研究与通俗读物之间的关系？

陈峰：《生逢宋代——北宋士林将坛说》，是我应邀在《美文》杂志上发表的系列历史散文的结集，外加未发表的两篇。最初，完全是出于兴趣一气呵成写了几篇，后来就感到有了压力，因为每月都要交稿，常常在最后关头才能完稿，以至于竟将许多重要的事情推迟。令我欣慰的是，这本小书自 2013 年问世以来，一直受到读者的关注，三联书店在 2016 年再版发行，香港中和出版公司又在海外发行繁体字版。我在本书初版后记中提到，现在的许多研究著作刻板生硬，日渐远离社会大众，几乎成为“象牙宝塔”中的僵硬标本，而社会各界对历史读物的需求却与日俱增。但遗憾的是，专业学者因为各种原因大多不会主动从事这方面的写作，倒是许多缺乏历史专业素养的写手推出大量作品，甚至随意点评“历史是什么玩意儿”？当历史被戏说之后，不仅造成大量的史实错讹，还产生了不少的错误史观。这种需求与供给之间矛盾的存在，对史学工作者来说无疑是一种拷问。

多年来，我在研究之余，一直有写作散文的爱好，颇想继承我国古已有之的历史叙事传统，写作可读性强的历史读物，以满足大众的需要。其实，我也从中获得了乐趣，因为可以挖掘一般论文著作不能表达的内容，甚或揣摩历史人物的心理活动细节。不过，既然是专业出身，就要严格遵循史实源于史料的原则，所有涉及的人与事都取材于文献记载，可以说正史、野史、典志、文集以及笔记小说都用到了。同时，要充分汲取已有的研究成果，以确保写作的高水准，避免落入俗套。如其中所写的郭进、张亢及吕夷简等几位人物，就直接依托了我以前专门写过的研究论文，所以能更为深刻地诠释其人其事。另外，需要突破僵化的“学术格式”套路，应特别注意趣味性、可读性，借助灵动的文笔，将宏大的叙事与细微的活动融为一体，而又引人入胜，才能受到读者的欢迎。

我以为学术研究与普及读物之间应保持紧密的关系，高深的研究成果应该转化为大众接受的普及知识，普及读物则能引导更多人对学术研究产生兴趣。在现今学界中，重研究论著、轻普及读物的见识仍根深蒂固。但根据我的经验，写作好的普及读物，所耗费的精力要高于常规的学术论著，因为在篇章构思、语言文笔以及趣味性上都有很高的要求。或许，这也是很多学者不愿落笔的原因。以后，我还会在历史散文随笔上着力，希望能继续得到广大读者的关注与批评。

采访就到此结束，谢谢！

本文原载于《澎湃新闻网》2017 年 3 月 15 日“私家历史”

第三辑　读史杂记

宋代的军将和军大将

读过《水浒》的人，在最初看到“八十万禁军教头”这样的名称时，都有点畏服之感，以为这是了不起的官职。但看到后来却大失所望，发现其地位并不高，甚至无力保护妻儿。如果熟悉宋代制度的话，便清楚教头不过是下级军吏而已。与对教头的这种误解相比，宋代文献中军将、军大将带来的歧义就更大了。仅从字面上看，军将、军大将颇有军中将领乃至大将之意，不仅初次接触这些字眼的人容易产生这样“望文生义”的错觉，即使是一些专业人员，如不细加考究的话，也不免有“雾里看花”之感。那么军将及军大将究竟为何职？其身份和地位又是如何的呢？

北宋人邵伯温曾写过这样一段记载：宋仁宗末年，王安石在朝中任知制诰。一次，王安石夫人吴氏为丈夫买回一妾，王安石见后询问其出身，女子答道：妾之夫为军大将，因所押米舟沉没，只得变卖家资赔偿，仍不足，“又卖妾以偿”。王安石听后愀然不忍，于是忙将其遣送回家，并放弃已付的费用。（邵伯温《邵氏闻见录·前录》卷一一）此段故事当然是旨在说明王安石的高尚品格，但同时也从侧面反映出军将、军大将的一些情况，即军大将担任漕运中押运漕粮的任务，在遭受损失后，须负责赔偿。如若无力赔偿的话，甚至不得不卖妻鬻子。无独有偶，南宋人罗大经在所著《鹤林玉露》一书里也有类似的记载，仅仅人物有所不同，说的是名臣冯京之父买一押漕军将之女为妾，后又送还其家的事。（罗大经《鹤林玉露》乙编卷四《冯三元》）

从以上两件事的记载不难看出，宋代军将、军大将的地位是相当低的，事实上仅属无品低级武职人员，亦即属于军吏，其前身则是唐末五代时猖獗多年的牙将。牙将，又称衙将，原本是藩镇跋扈时代节度使的私属将校，也是藩镇武装势力的中坚力量。周密《齐东野语》称：近世（即唐末五代）重武，地方割据者的公署被称为“牙”，其随身士兵被称作“牙中兵”，武吏则称“牙前将”。后俚语将牙“误转为衙”，故牙将又称衙将。（周密《齐东野语》卷一〇）到五代时，牙将又有了军将的称呼，其中资深者又冠以军大将之名，这在武人称雄时代是不难理解的，犹如明代时，宦官都被称为“太监”这一原本属于宦官中级别较高者才有的称呼一样。有关牙将的情况，论述已很多，在此不再赘言。到北宋“收兵权”后，随着节度使自专军队、割据一方局面的结束，原来被视为心腹爪牙的牙将或军将，有的被编入禁军，充任低级军官，有的则继续保持原有名称，但实际上沦为隶属地方的低级军吏，转而承担其他事务，特别是充当地方押运上供物资的专职人员。

北宋建国之初，各地负责押运漕运上供物资的工作，是由当地服衙前役的乡民承担，但结果并不理想，所谓“此等乡村之民，而蒿工水手及牵驾兵士皆顽恶无籍之辈，岂斯人可擒制耶？侵盗官物，恣为不法者十有七八”，等到亏损之时，全由押送者包赔，“亡家破产往往有之”。（《宋会要辑稿》食货四二之一）为了增强对漕卒、水手的约束力，宋太宗以后，开始起用一部分军将、军大将，也就是从前的牙将参加押运。太平兴国六年（981年），太宗下诏宣布：调遣牙将押运漕船，“勿复扰民”。（《文献通考》卷二五《国用三》）以后，又几次下达类似的诏书，规定主要纳漕地区的江淮、两浙及荆湖等六路，全部“差军将、大将管押”，而不得摊派乡村大户押纲。（《宋会要辑稿》食货四二之一）于是，这些军将、军大将从此成为漕运中的专业押运人员，他们虽仍有“军”“将”这样的武职名称，但原有的军职意义已丧失殆尽，其隶属关系也相应划归政府中的财经部门——三司，其升迁则由漕运组织依据所完成的工作量向三司保举。故他们又被称作三司军将、军大将。

宋太宗时期，军将、军大将转为职业押运者后，其来源也规定由衙前役人中选补，即地方衙前役人参加押运，如能按规定完成三次任务，便可补为三司军将。（《文献通考》卷一二《职役一》）同时，地方小规模上供物资的押运任务，仍由衙前役人承担，他们有时也被称作“里正军将”“税户军将”。王安石变法时所解决的差役中的一种，就是针对这一部分人的。到宋徽宗时，因押运人员严重缺乏，又实行直接招募土人充当的办法，“充守阙军将，就近管押”，不过应募者必须“用家业抵保”。（《宋会要辑稿》食货四三之六、四七之五）

根据宋代有关文献记载来看，军将、军大将的身份和地位都很低，既无通常所说的将的意义，更与大将丝毫不沾边，仅属无品军吏，其工作性质颇有些类似近现代史上旧式企业里的监工、工头。他们的主要出路是熬够年资，以升迁补官。另外，他们除了享有有限的俸饷外，倒是有随船贩运私货的权利。（苏轼《东坡全集》卷六二《论纲稍欠折利害状》）但总的说来，在常年的漕船押运过程中，既不免于寒暑辛劳，又负有沉重的包赔责任，故他们的负担很重。按规定，所运货物如有损失，军将或军大将要负责赔偿部分损失，如损失严重的话，押运者不仅升迁受到影响，而且要受到刑罚处分。因此，出现本文前述的那种倾家破产、卖妻鬻女的记载，也就不足为奇了。

本文原载于《文史知识》1996年第8期

何去非的选择与宋朝时代风尚的转变

在北宋神宗朝，有一位名叫何去非的考生曾先后六次科考落第。元丰五年（1082 年），何去非才以特奏名（特奏名为宋代科举中的特殊类型，即对屡次落第举子予以照顾，允许通过省试而参加殿试）的特殊途径中举。何氏虽屡挫于科场，却饱读兵书，精于论军谈兵。在殿试过程中，宋神宗发现了这位举子的兵学特长，并颇为欣赏，便问他可否出任武职官。按说这正是考虑学有所用的安排，但对何去非而言却是一次艰难的抉择：如果拒绝皇帝的“圣意”，可能会遭到黜落，甚至有不可预测的下场，而同意天子的安排，则实非心甘情愿。说起来，何去非之所以如此为难，其实正在于当时的社会风尚以及价值观使然，而类似的情况在其前辈身上也不止一次发生过。这还要从宋朝开国前后说起。

宋朝立国之前，经历了长期的藩镇割据局面，五代时

明代刊本插图所绘宋代战争场面

更出现武夫跋扈、悍将称雄的极端形势。一时竟有大将毫无愧色地宣称：“天子，兵强马壮者当为之，宁有种耶！”（《旧五代史·安重荣传》）这种言论无疑冲击了神圣而至高无上的皇权。至于文臣也自然声名沦落，仰承武夫鼻息。正因为如此，当时社会上便形成了浓烈的“重武轻文”风尚，世人大都视军旅为发迹要途。许多文人学子也弃文从武，如历仕后晋、后汉及后周三朝的节度使焦继勋，早年原本走的是读书科举之路，当看清书生可悲的前途后，他愤而发誓：“大丈夫当立功异域，取万户侯，岂能孜孜

事笔砚哉？”遂毅然投笔从戎。（《宋史·焦继勋传》）

在上述背景之下，行伍出身又亲自导演过黄袍加身一幕的赵匡胤，对兵变夺权那一套再熟悉不过，因此从登上皇位宝座之日起，便采取种种举措以防他人故伎重演。于是，自北宋开国伊始，统治者就全力推行强化中央集权的方针，以重新确立天子权威，并解决长期存在的文武关系严重失衡的问题。与此同时，当政集团也充分认识到改变社会风气以及价值观的重要性。可以说，“崇文抑武”作为有宋一代的治国思想因此萌发。总体而言，到宋太祖朝后期，这一切努力已经初见成效。其中表现在世人对待文武官职的取舍上，便出现了以文为贵的现象。

如开宝五年（972年），宋太祖鉴于西川武将处置不当而不断引发造反的局面，考虑派遣懂军事的文臣前往管军。文官辛仲甫被宰相赵普推荐上来，宋太祖当即委任其为西川兵马都监，并将其文职改换为武职。当时，宋太祖还召辛氏进京接受考察。

辛仲甫算得上是一名文武兼备的人才。宋初，他在节度使郭崇幕府任职，曾妥善应对过复杂、危险的变故。据说，他最初向郭崇学习射箭，但以后郭崇在射术上反要拜他为师。辛仲甫入京后，以高超的武功得到天子的赞赏。然而，辛仲甫却对朝廷的安排深感遗憾，他向皇帝委屈地诉说：本人原是学先王之道，愿以此效力于国家，但陛下却仅考察本人的武艺。宋太祖只得劝勉其上任，并答应以

后会予以奖掖。辛仲甫在完成西川任职后，终于又转回文官队列。（《宋史·辛仲甫传》；文莹《玉壶清话》卷一）

与此同时，明智的将领们也适时调整了心态，对文官士大夫们采取了恭敬的态度，这其中又尤以曹彬最为突出。据《宋史·曹彬传》记载，曹彬虽位居枢密使的高位，但在与文人交往中却表现出谦卑的姿态，甚至他每次在道中碰到士大夫的车马，都“必引车避之”。又有一位粗鲁的禁军统帅党进，尽管不通文墨，却不顾闹出笑话，也要效法文臣上朝时文绉绉的语句。这些极端化的举动在以往历史上实在罕见，而其之所以产生，正是当时社会风尚逐渐转变的产物。

宋太宗篡位称帝后，由最初的防范威胁皇位考虑，到两次北伐失败后采取的“守内虚外”政策着眼，都加深了对军事将领群体的压制，“崇文抑武”思想遂进一步落实为治国方略。因此，大到重用文臣、推崇儒学、提倡科举，小到奖励文翰，无不体现出政府的崇文抑武导向。如宋太宗即位仅两个月，就亲自主持科举考试，录取进士以下五百多人，大大超过以往的规模，甚至连宰辅大臣都觉得过分。但宋太宗“方欲兴文教，抑武事”，对反对的意见未加理睬。一时间，武臣们在政坛上黯然失色，不仅地位远低于文臣，而且其精神更趋于萎靡。这种局面的出现，就连当时一些清醒的文官都觉得不正常。

如端拱二年（989 年），文坛俊杰王禹偁在上奏中指出：自陛下统御以来，“力崇儒术”，文人学子仕途顺畅，动辄受赏，而披甲之士则不免受到冷遇。希望能“减儒冠之赐，以均战士之恩”。科举出身的王禹偁甚至提出了“抑儒臣而激武臣”的激进主张。（《续资治通鉴长编》卷三〇）透过这些议论，不难看出当时文臣与武官之间地位的悬殊。清代思想家王船山在《宋论》中便一针见血地指出：“宋所忌者，宣力之武臣耳，非偷生邀宠之文士也。”

到北宋第三代皇帝真宗朝及其以后，以往两朝执行的“崇文抑武”思想方略已经被奉为圭臬，从而全面深化。于是，武臣倍受压制和歧视。据宋真宗朝宰相王旦亲眼所见，某日枢密院官员在皇帝面前议事，颇有见地的武臣马知节与文官王钦若发生争执，王钦若竟喧哗不已，马知节只能委屈涕泣。（王素《文正王公遗事》）宋仁宗朝，名将狄青进京赴任枢密副使，被文人们贬称为“赤枢”（当时军人有“赤老”的蔑称）。由此可以窥见当时武官所处的低下地位。

正是“此一时，彼一时”。曾几何时，武人们为所欲为的岁月痕迹尚依稀可见，北宋统治者已将文官推到了政坛的前列，所谓“满朝朱紫贵，尽是读书人”。（张端义《贵耳集》卷下）历经宋初以来当政集团日益加剧的打造，社会价值观随之发生极大的转变，不仅昔日令人鼓舞的“以战斗博富贵”“投笔从戎”的理念遭到抛弃，而且社会风尚以及民众身上原本具有的尚武精神也日渐淡薄，因“崇文抑武”方略而引发的“重文轻武”观念蔚然成风。在此形势之下，文官便羞于与武人为伍，更不愿转为武职。从宋代的文献记载中，不难看到大量有关这方面的记载和具体实例。

宋太宗即位初，割据两浙的吴越王举国归宋，其子钱惟演依照惯例被授以武官之职。但钱惟演不甘心于武人身份，遂向朝廷献上诗文，请求转换文职，后终于如愿以偿。

宋真宗咸平年间的状元陈尧咨，不仅文辞出众，而且以射术闻名一时，博得了“小由基”的佳号。欧阳修在《归田录》里，还描写了一段关于陈尧咨射箭的著名励志故事。陈尧咨做官后仕途通达，一直做到开封府的长官和替皇帝起草诏书的翰林学士。“澶渊之盟”以后，宋真宗为了应对能骑善射的辽朝使臣，也打算从朝臣中寻觅既善射又威武者。陈尧咨自然就被推荐上来，宋真宗有意让他转为武职，并许诺可授以节度使之衔。依照宋朝的规矩，节度使不仅是武官的最高官衔，而且俸禄也优于宰相。但在陈母的杖责之下，陈尧咨谢绝了可能导致蒙羞士林的官位。值得一提的是，这也成为日后许多传统戏剧的题材内容，广为传颂。不过，到宋仁宗登基初，陈尧咨因得罪宰执大臣，结果突然被改为与本官地位差不多的武职，打发到地方衙门。这显然属打击报复行为，陈尧咨对此强烈不服。可拗不过垂帘听政的刘太后，无奈之下只得屈从。

宋仁宗在位初期，翰林学士承旨李维因在出使辽朝期间赋诗用语不当，返回后受到抨击，仕途遇挫。心灰意懒的李维便主动要求改换武官，遂出为相州观察使。不料，此事引起一片非议，甚至有言官弹劾这是一种不顾廉耻的行为。当时的观察使虽名位不显，更无实权，但俸禄却不薄，与参知政事相同，远优于翰林学士承旨的收入。这种俸制规定，是宋初收兵权时给武将的一点经济补偿，所谓“厚其禄而薄其礼”。所以，身居清华之位的李维仕途受阻后，转求观察使的举动，虽在情理之中，却不免遭到文臣的蔑视。

还是在宋仁宗朝，有一个下级武官蒙守中向天子上书表示不愿继续为武吏。有关部门核查的结果是：此人早年进士出身，景德初战争中不幸“陷契丹”。以后回归本朝，被授以武职。于是，朝廷酌情将其改换为文职。

最突出的例证，大概莫过于宋仁宗朝四位名臣的举动。庆历中，范仲淹与韩琦、庞籍及王沿共同主持西北四路对夏战事。也许是出于鼓励士气的考虑，朝廷突然下令，将四位文官统帅的文职一并改为武职性的观察使。范仲淹首先上书坚辞不就。随后，庞籍和王沿也上表“不肯拜”。当时唯有韩琦勉强接受，但在给皇帝的上奏中表达了忍辱负重之意。由此可见，即使是“先天下之忧而忧”的范仲淹，虽勇于献身前线，却不愿身披武官的外衣。不久，宋廷只得恢复四人原来的身份。

回到本文开始讲到的何去非面临选择时，其之所以为难便可以理解。熟悉本朝典故与历史的何去非，当然深谙当代国情、社情以及民意，发生在辛仲甫、陈尧咨等前辈身上的故事，他也洞悉其中奥妙。正是他生活时代的社会风尚、价值观，在其把握个人专长与前程、名声之时投下了巨大的阴影，才使他不愿接纳皇帝的安排。最终，何去非还是因为“不敢违圣意”，被迫接受武官头衔，到中央太学附属的武学里就任教授之职。此后，他又被提拔为武学博士。

宋哲宗元祐四年（1089 年），苏东坡给皇帝上了一道《举何去非换文资状》的奏书，说自己与何去非相识后，认为其学问与见识高远，有补于世。又反映何氏虽喜论兵，但本人原是儒者，“不乐为武吏”，因此建议允许他转换文官，仍做太学博士。然而时隔一年，到杭州做官的苏轼了解到何去非虽转为文职，却被差遣到徐州任地方州学教授，地位明显下降。于是，苏东坡再次上《进何去非备论状》的奏文，为何氏鸣不平，希望朝廷能重用这样的有用之才。从有关文献记载可知，以兵略见长的何去非最终不过做到州通判的地方官。

近千年后的今天，我们翻检有关何去非其人其事的资料，很清楚地发现此人属于古代兵家类人物。其所著《何博士备论》《司马法讲义》及《三略讲义》等兵书，虽然无法与《孙子兵法》等量齐观，却也不乏新见解、新理论，足以说明作者具备了丰富的军事知识素养。但问题是，兵学本是实践性极强的学问，纯粹的纸上谈兵意义毕竟有限，如先秦的孙膑和吴起、三国的曹操以及唐代的李靖等著名军事家，都出入过军旅沙场，在实战经验的基础上著书立说，才流传下千古名篇，何去非对此自然清楚。然而他没有效法这些名将所为，不仅没有真正投军，亲身经历战争场面，检验那些兵家理论，以最大限度地实现个人抱负，而且连武官的外衣也不愿披上，终究难以割舍的是那份对文官身份的迷恋，遂只能困顿于学堂与地方衙门之中，埋首书案，在精神世界里体验刀光剑影。就其个人际遇而言，固然可悲、可叹，演绎出理想与现实之间的冲突，就宋朝时代而言，又何尝不是一种悲剧！

本文原载于《寻根》2006年6期

皇帝没了

——辛亥革命百年祭

一百年前，清朝亡了，从此皇帝也没了。

要说中国的皇帝，古称天子，存在了两千多年。更早里还有他的前身，叫作“王”，同样也称天子，都是上天的儿子，降临人间，统治天下，两者相加有四千年以上的历史，不可谓不长。可就是在一百年前，武昌首义引发的一场革命，覆灭了清朝，这次可不同于往昔的王朝轮回，不是新王朝踩着旧王朝的尸体登场，而是民国取代了帝制，皇帝便被彻底葬送掉。

在没有皇帝的今天，回望一番中国皇帝的身世，更能感悟辛亥革命的伟大意义所在。

中国传说时代的三皇五帝，既不是皇帝，也够不上国王，不过是些被神化的部落联盟首领的英雄形象。但与其他古老的东方国家一样，华夏自踏入文明的门槛后，就诞生了真正的世袭王权。最早的夏商周三代，虽说各方面还不大成熟，可都奉行一个王或一位天子的统治，而且王位都由一家一姓传承，旁人要是流露个企图心或有点动作，那便是大逆不道，是要灭九族的。不用说，围绕君王建设了一套等级制度，上下明晰，礼法森严，臣民须得安分守己过活，新鲜的玩意、非分的诱惑，都一律遭遇排斥。

到了春秋战国年间，“礼崩乐坏”，天子的九鼎威仪不再，成了龟缩一隅的傀儡，四方的诸侯瓜分了王权，彼此又纷争打斗不已。彼时，民主是肯定谈不上，但是少了一个世袭家族的主宰，倒使世人在精神上获得不少空间，于是乎思想活跃，百家争鸣；原本受到抑制的竞争意识焕发，诸侯变法图强，民间追逐财富，改良工具，扩大生产，社会经济随之大发展。各国奋发图强、军备竞赛与争霸导致的结果，是“秦王扫六合”，秦国以武力征服天下。

嬴政统一全国并建立秦朝后，雄视昔日所有的君主，自觉功业开天辟地以来无人可比，遂取传说中三皇五帝的“皇”与“帝”二字合并加身。从此就有了皇帝，天子也成为皇帝的专有称呼，王则退居为皇帝之下的附庸，不能再称天子了。秦始皇留给后世的最大一笔政治遗产，就是中央集权的统治模式与皇帝制度。想当年，皇帝是天下的最高主宰，既是国家统一的象征，又代表上天统治人间，因此成为至高无上的真龙天子。如果说，早先的三代国王暴虐的话，如商纣王、周厉王之类，受害的范围不过限于千里之内，可到了皇帝犯浑之时，遭殃的便是普天之下的生灵，因为这是制度设计带来的结果。大一统令各地的邦国消失殆尽，一个意志、一套政令、一路法则，海内遵循，无人可免，生杀予夺，操于一人之手，百无禁忌。正所谓“君要臣死，臣不得不死”。这就难怪，秦始皇一人的陵墓竟动用了七十万人修筑数年，耗费的国家资财不计其数，这要放在今天肯定是匪夷所思的事情。

汉朝以降，皇帝的威权日益膨胀，专制的体制不仅在制度保障上愈加巩固，还在意识形态上获得扩张，围绕皇权建立的“三纲五常”思想，成为全社会遵循的准则。就此，儒学中人文的光辉逐渐淡薄，教化百姓安分守己的指向愈益彰显。

说句公道话，若是明君在位，集权政治倒也颇有成效，尤其是办个大事情，修个大工程，效果显著。像修筑万里长城，开挖南北大运河，都不在话下，这可是同期世界其他国家很难做到的事。还有多位开明皇帝，体恤民情，休养生息，于是“文景之治”“开皇之治”“贞观之治”“嘉祐之治”“洪武之治”有之，“开元盛世”“康乾盛世”也能显现，虽然这些个“之治”“盛世”不乏溢美的意思，中国历史上长期拥有先进的文明却是不争的事实。

但话说回来，庸帝加上昏君到底人数比明皇多得多，且不提汉哀帝治国昏庸至极，难舍的只是“断袖之癖”；晋惠帝愚呆得连蛤蟆为什么叫都不懂；南唐后主沉溺填词吟赋而致亡国于不顾；宋徽宗置作画赏花于国计民生之上；明熹宗痴迷木作手艺胜过治理国家。至如汉武帝、梁武帝、陈后主、隋炀帝、唐玄宗、辽穆宗、宋真宗、金宣宗、元顺帝、明世宗以及清朝的道光帝、咸丰帝之流历代数不清的皇帝，施政惟个人喜好为宗旨。或好大喜功，或沉湎左道，忽冷忽热，忽前忽后，结果不是祸害百姓，就是断送王朝基业。至于秦二世胡亥荼毒宗室骨肉，灭绝人性；后赵皇帝石勒痛恨汉人，杀人如麻；后梁太祖朱温不仅浑身沾满血腥，而且乱伦，竟强迫儿媳入宫陪睡；宋高宗赵构惨杀岳飞，自毁长城；明武宗朱厚照不仅滥杀言官，还强奸民女，带头败坏风纪等等，都令朝纲法纪荡然无存。就连被呼为“唐明皇”的李隆基，也在当政后期怠于政务，陶醉于歌舞升平的幻象而不醒，终于不免“安史之乱”的打击，狼狈逃难巴蜀，还置心上人杨玉环于死地不顾；被视为清朝第一圣明天子的康熙帝，晚年明知官场腐败盛行，也采取了默认的态度，不愿花力气整肃。

天子深居龙庭，靠的是官僚机构统治天下。文武百官乃至于地方小吏，拿俸禄食皇粮，身家性命都捏在宫廷手里，自然是唯皇帝马首是瞻。于是“上有所好，下必甚焉”，投机取巧，逢迎溜须，蔚然成风，帝王欢喜的、热衷的事情，即使属于劳民伤财或荒诞不经之事，大伙都一味追捧甚至你超我赶，诸如唐朝李林甫、宋朝蔡京、明朝严嵩以及清朝和珅之流的宰臣，便是如此。当然，也有一些保持良知的官员，主张正义，敢于提出批评意见，像唐代的魏徵，宋代的范仲淹、李纲，明代的海瑞以及清代的林则徐等人，然而这些所谓的忠臣毕竟有限，并且常常孤立无援，结局不妙。而更多的官员，在专制与人治的游戏规则之下，明智者仅能独善其身，勉为其难；次之者不免随波逐流，好事坏事都做，有时竟也是忠奸难辨。

皇帝既然高高在上，端居权力的顶峰，于是乎一人得道鸡犬升天，攀龙附凤的外戚与宦官势力随之显赫起来。凭借着寄生天庭的特殊关系，历史上演出无数外戚干政、宦官弄权的闹剧，争权夺利、贪赃枉法、作威作福、祸害百姓自不待言，势力膨胀到极点时，甚至于反过来加害主子，玩弄天子于股掌之上，直把一个“朗朗乾坤”整得颠倒过来。像后汉外戚梁冀以大将军身份主持朝政，权倾朝野，他还无所顾忌地佩剑上殿，年幼的质帝就因为说了句“跋扈将军”的话，便被下毒害死。唐代的顺宗、宪宗、敬宗等几位皇帝，受制于阉竖多年，最终皆死在宦官手里。明朝的魏忠贤之流在帝王的庇护下，口含天宪，肆意残害正直的士人，竟被呼为“九千岁”，其实已篡夺了天子的权威。这倒与自然界宿主与寄生者的复杂关系如出一辙，常令穷途末路的孤家寡人哀叹不如生在寻常人家好。

令人回味无穷的是，在反抗暴君、昏君无道统治的无数次起义中，揭竿而起的造反者一旦成功，往往自己又做起了皇帝，继续享受着专制的好处。最典型的例子莫过于佃户子弟朱元璋其人，苦大仇深的他在推翻元朝后，自己摇身变为一个前所未有的暴君。朱元璋为了树立天子的绝对权威，任意制造冤假错案，滥杀臣子，株连九族，营造出极端的恐怖气氛。当他读到孟子“民为贵，社稷次之，君为轻”（《孟子·尽心下》）的话时，也就是皇帝的重要性排在人民、国家的后面时，大为恼怒，几乎要将亚圣孟子驱逐出文宣王庙陪祀之列。

笼罩着君权神授光环的皇帝，每每在乱政中暴露出常人一样的真相，而在天怒人怨之下不免可悲的命运。帝制时代，臣民自小接受的是忠君报国的理念，可碰上个暴君昏君，明知误国误民，也要讲究个愚忠。只有在国破家亡之后，才能冷静下来思考制度的问题与缺陷。

明朝亡国后，黄宗羲痛定思痛，在所著《明夷待访录》一书中深刻揭示了君主的来源。他指出：最早大家推举一个君主，是要其肩负起抑私利、兴公利的责任，是要君王做天下公仆的。然而，以后的君主却“以天下之利尽归于己，以天下之害尽归于人”，这就违背了设立君王的本意。因此，黄宗羲对天下人供奉、听命一个独裁者的制度的合理性提出了质疑，从“民本”的立场抨击了皇帝制度。历史上，还有个别文人学子幻想着无君的理想社会，

辛亥百年专刊书影

东晋陶渊明有世外桃源的描写，元初邓牧有“废有司，去县令，听天下自为治乱安危”的无政府社会的梦想。批判也好，幻想也好，都无济于事，皇帝与王朝专制制度依旧主宰着中国古代后期的国家，抑制着文化科技的发展，阻碍着经济社会的进步。

近代以来，在西方列强的进攻下，清王朝的腐朽无能暴露无遗，过时的专制皇帝制度不仅不能挽救中国，反而加剧了危机，外侮空前，民生凋敝，社会矛盾日趋尖锐，农民造反此起彼伏。康、梁等一批仁人志士寄希望于光绪皇帝，推出了“戊戌变法”，可短暂的新政既遭遇迫害，又难触及要害，恰似滑过黑暗夜空的流星，昭示着改良幻想的破灭。

清朝末年，古老的中国陷于巨大的困境之中，传统的农民起义造反失败了，效仿西方的改良运动受阻了，可腐朽的帝制依然横卧在颤抖的大地上。拯救国家、引导中华民族走出黑暗，成为先进分子与社会精英的历史责任。“天不生斯人，万古如长夜”，一个身影终于登上了千年一遇的政治舞台，他就是孙中山先生。中山先生奋起率领革命党人，抛弃幻想，发动民众，向中国的帝制宣战，于是有了一百年前的武昌首义，陕西等省继之，起义的熊熊烈火迅速燃遍大江南北，终于埋葬了最后一个王朝。民国就此诞生，皇帝没有了，世袭王权的精神崩溃了。如果还有人试图做皇帝梦，只能像跳梁小丑、过街老鼠一般，出尽丑态还要被人人追打，袁世凯其人就是如此。

俱往矣，没有皇帝的日子，使华夏大地充满勃勃生机，没有皇帝专制的遗害，更推动民族走向昌盛。

2011 年寒假于西北大学

本文原载于《美文》2011 年“辛亥百年专刊”（《新华文摘》2011 年第 24 期全文转载）

宋朝的科举入仕与官场底线

孔夫子的名言“学而优则仕”，本是希望掌握儒家理念及学说的优秀知识分子积极从政，以建设理想状态的“仁政”国家。这为有志于此的读书人指明了奋斗的方向，影响深远，几乎家喻户晓。但在中国漫长的历史上，这一名言在现实中既未见得很好落实，又常常被曲解或沦为空洞的口号。

在先秦时代，长期盛行世袭制度，官爵在等级贵族内部传递，即“世卿世禄”，故寻常书生即使再优秀也很难步入政坛。以后秦汉的军功爵、魏晋南北朝的九品中正制及隋唐的门荫等制度，也是属于世袭或半世袭的规则。倒是汉代的征辟、察举制中的某些名目，为读书人提供了狭窄的途径。如此这般，在贵族、豪强以及高门大族的把持下，普通读书人要顺利做官，着实艰难。而即使一些有幸踏入政界者，因为背景不强，上升的空间依旧极为有限。

难怪孔子自己便如“丧家之犬”，一生颠沛流离；司马相如之流的文人，终日围绕在王侯将相身边，以奉献歌功颂德的诗赋为安身立命之本；出身寒门的陶渊明，才华横溢，声名远扬，却徘徊在县衙之内，最终无奈地退隐田园。因此，彼时对大多数学子来说，“学而优则仕”只能是一种理想，或是遥不可及的梦想。

“学而优则仕”主张在真正意义上的实践，还要说是唐朝科举制度正式推行以后。与凭借血缘、出身背景的选官规则相比，科举制度设计的基本原则是不问门第出身，以考试成绩录用，因此选拔的范围既广泛，打破了特权阶层垄断官场的格局，同时又以文化知识为条件，对提升官员的素质发挥了积极的作用，自然显得更为合理。这便为一般读书人入仕，打开了方便之门。然而在唐代，一方面门阀世族是“百足之虫死而不僵”，影响力依旧不容忽视，另一方面科举毕竟属于新生事物，规模有限，还无法完全满足优秀学人的要求。如白居易所反映：陈子昂、杜甫仅各授一拾遗，而困顿至死；李白、孟浩然不及一官职，穷悴终身；孟郊六十岁，才终试协律郎；张籍到五十岁，尚未离开太祝之位。所谓的拾遗、协律郎以及太祝，都属低下官位。由此可见，这些许多震惊当代后世的大才子，所获不过如此，而李白与孟浩然更是白衣一生，与仕宦无干。难怪乎白乐天先生发出“彼何人哉？彼何人哉”的不平呼声！

毋庸置疑的是，中国科举制度的黄金时代是在宋朝，因为不仅规模之大、制度之严远过于前代，而且影响之大也最为突出，特别是还没有产生明清时期过多钳制思想的消极作用。两宋三百多年间，宰执大臣几乎都出自科举背景者，尤以进士科为主。如北宋宰相共有 71 人，其中 64 人出身进士，其余非科举出身的 7 人中，又有 3 人为开国功臣；南宋有宰相 62 人，其中 51 人出身科举，非科举出身的 11 人中，6 人又为太学生，惟有 1 人为武臣（《宋史·宰辅年表》）。由此可见，宋朝科举出身的文官士大夫在政坛居于绝对统治的地位，成为官员队伍的主体，而门荫出身者与军队武将的影响力微乎其微，由此造就了突出的文治的时代特征。如当时人所说："今世用人，大率以文词进。大臣文士也，近侍之臣文士也，钱谷之司文士也，边防大帅文士也。"（蔡襄《端明集》卷 22《国论要目》）既然宋朝实现了"学而优则仕"的理想，文官们大都来自读书人，他们有足够的文化知识，懂得儒学的道德价值观，又熟悉"苛政猛如虎"的道理，出口成章的是"修身，齐家，治国，平天下"的抱负，耳濡目染的是"贫贱不能移，富贵不能淫"的理念，那么是否就皆以改良社会为己任，并坚守住自己的良知底线呢？

在宋代历史上，的确也看到一些仁人志士的奋发有为活动，著名者如范仲淹、王安石、李纲、文天祥及陆秀夫等人的忧国忧民之举，便令人肃然起敬。范仲淹"先天下之忧而忧，后天下之乐而乐”的情怀不知打动了多少正直的士人，而他另外一句“私罪不可有，公罪不可无”的话，更就做官提出了基本准则：为官者不能因私废公，亦不可惧怕承担责任。宋代思想家张载在《西铭》中还总结了“为天地立心，为生民立命，为往圣继绝学，为万世开太平”的话，提出了终极的追求目标。可说到底，“先天下之忧而忧，后天下之乐而乐”是一种理想境界，非常人所能做到。

实际的情况是，宋代多数学子把“学而优则仕”看作改善个人命运的堂而皇之的旗号，将读书、科考视为做官的敲门砖。在国势大体处于常态的情况下，他们入仕后一方面做着分内的事，一方面期盼着自己仕途的发达，当理想追求与现实利益发生冲突时，他们不免更多选择后者。像历仕宋太宗、真宗两朝宰相的吕蒙正，早年有过清寒求学的经历，当他顶着状元桂冠步入政坛后，孜孜以求的是个人的前程，因此往往不敢承担改革风险。正因为如此，他为政尚可守正，三入相位却终无多少建树。倒是在生活上，他讲求奢侈。吕蒙正有个喜食鸡舌汤的嗜好，每日必餐。一天，他游自家的后花园，看到墙边耸立座山包，便不解地问随从怎么回事，仆从回答：此是相公吃鸡剩下的鸡毛。他大感意外道：我吃的鸡乃有几何？怎么能堆积如此之大？仆从再答道：一只鸡仅一尾舌，相公一顿汤需用多少尾舌？食鸡舌汤又已多久？北宋中叶的宋庠、宋祁兄弟也是贫寒出身，早年在州学读书时生活相当艰难。以后两人同年科举入仕，分别做到宰相和翰林学士。哥俩政绩上成就不大，生活上还是有别，大宋注意分寸，小宋却奢侈放纵。一次上元节夜里，大宋又听说小宋点着华灯拥着歌妓排场豪饮，次日就派人去带话：相公寄语学士，闻听昨夜烧灯夜宴，穷极奢侈，不知是否还记得从前上元夜一起在州学吃粗饭的事吗？小宋听罢，笑着让来人带话回去说：也寄语相公，不知当年吃粗饭是为的什么？真是毫不掩饰，在他看来苦读书的目的只是为了享受富贵而已。志向不够远大，满足于享乐，这倒也罢了，吕蒙正、宋祁花的毕竟是自己的俸禄钱。他们还爱惜名誉，没有胡作非为，没有触及官场的底线。这样的官员人数众多，不甘平庸或安分守己者做点力所能及的事，等而下之者则碌碌无为，“做一天和尚，撞一天钟”。

而有些人一旦进入官场，就只顾及自己的利禄地位。宋人揭露：“爵禄在上，下皆趋而争之，故名曰‘奔竞’。”说的便是当年跑官、要官的“奔竞”风气，熏染了不少的官员。他们随波逐流，争权夺利，甚至为所欲为，不仅将学习多年的“修齐治平”的理念抛到脑后，更将为人的良知、官场的底线也予打破。像丁谓本是享誉一时的才子，科举做官后却将聪明才智用于投机钻营，一味迎合帝王。宋真宗想搞浩大的“天书”祥瑞活动，需要足够的财力支持，就询问国库的底子。丁谓是负责中央财政的三司使，明知此举劳民伤财，但为了赢得天子的欢心，便报告国库充裕有余。宋真宗这才安心拍板。随之在东封泰山、西祀汾阴之类的活动中，丁谓卖力地调度安排经费与物资。以后，宋真宗想在京城内修建一所感应上天的场所——玉清昭应宫，既担心遭到反对，又怕落得恶名，于是召见体己的丁谓。丁谓出谋道：陛下拥有天下，修一座保佑苍生的宫观又有何妨？陛下无子，谁敢反对营建祈祷降生皇子的场所！果然，无人敢提出异议。丁谓负责工程，一再修改设计方案，不断扩大规模，又督促工匠日夜施工，将原定十五年的工期提前到七年完工，建成内含两千六百一十区的巍峨宫观。做这些伤害民生的事时，他早已将背诵过的儒家“仁政”理念抛到九霄云外，也丧失了做人的良心。

更有甚者，则是那些败坏国家根本利益的官僚。北宋末年的宰相蔡京，论学问知识，论书法造诣，都是绝对的上乘水平。可此人罔顾国家利益，带头迎合昏君宋徽宗好大喜功、穷奢极欲的需要，肆意破坏秩序政纲，以朝廷的名义巧取豪夺，致使民怨沸腾，官场的底线彻底穿崩。蔡京四度当政，贪恋权位，毫不在意外界观感，即使“目昏眊不能视事”，也不知退位。当他一度失宠时，竟不顾起码体面向宦官哭诉求情。于是上行下效，一时之间吏治为之败坏，以权谋私、卖官鬻爵、贪污受贿的现象比比皆是，官场中的大多数人已麻木不仁，见怪不怪，终于导致王朝陷入巨大的灾难之中。就算不是随后被金军灭亡，也会被造反的民众所葬送。还要说到蔡京家的奢靡生活，仅就厨子分工之细，就令人叹为观止。宋人笔记《鹤林玉露》记载：有位士人买一小妾，原是蔡京府中厨娘。某日，士人令此妾做包子，对方回答说不会做，士人质问既是厨子为何不会？对方再答称自己只是包子厨内专门切葱丝的。

南宋时期，权相秦桧为了揽权固宠、把持朝政，遂迎合宋高宗急于求和的心理，不惜冤杀抗金英雄岳飞父子，自毁长城。秦桧专权后，肆意迫害异己，任用亲族党羽。于是，大批官员们纷纷投奔其门下，秦桧竟安然接受阿谀奉承自己的“元圣”称号，岂不知这已严重败坏了儒学中为人臣礼的规矩，也不无接踵前代权臣犯上之嫌。此后在宋宁宗、理宗朝长期专权的史弥远，其作威作福更甚于秦桧，甚至敢于擅立皇嗣。秦桧、史弥远都有读书科举出身的背景，所学知识不为国家所用，反倒成为弄权的资本，其生活之糜烂更不用说。至于南宋末年外戚出身的贾似道，虽绝对属于不学无术之辈，却因手握重权成为上下巴结的对象，寡廉鲜耻的官员们每见他必称“周公”，连度宗小皇帝也无奈地呼其为“师臣”。至此，官场完全化为黑暗的牢笼，网罗了大批无聊奸猾之徒，一同浑然不觉地沉沦，彼此拉扯着走向毁灭。这当然已属末世之相，姑且不论。然而值得注意的是，贾似道为了避免非议，“务以权

（南宋）马和之《女孝经图》（局部）

术驾驭，不爱官爵，牢笼一时名士，又加太学餐钱，宽科场恩例，以小利啖之。由是言路断绝，威福肆行”。（《宋史·奸臣传》）由此可见，众多的士大夫、太学生，包括某些所谓的名士，为了一己之利，甚至小恩小惠，不惜丧失人格名节，或为之歌功颂德，或随之祸国殃民，实在令人痛心。要不是出现了文天祥、陆秀夫等一批爱国志士，当时官场上的人几乎一无可取。

要说宋代的官员，论文化水平都不低，论道理谁都清楚，可为什么许多人却变得失去良知，自甘堕落，敢于践踏官场底线，甚至胡作非为？从宋朝官场不见得比以往王朝弊端来得少的情况来看，单纯提高官员知识水平也并不见得就能彻底解决吏治的问题。惨痛的历史教训，发人深思，值得总结。

2012 年 4 月 20 日

本文原载于《读书》2012 年第 7 期

光宗耀祖与封妻荫子

传说西汉武帝时，淮南王刘安好修道炼丹，后成仙升天，其亲友及家中的鸡犬也因食了丹药一同得道成仙。（张衡《论衡·道虚》）后世遂有“一人得道，鸡犬升天”的成语，只是意思变了，意在讽刺一个人当官得势，全家与沾亲带故的人都跟着受益。其实，中国古代本就有“封妻荫子”的制度，达官贵人的夫人能够得到诰命头衔，子孙可以直接入仕做官，父母甚至亡故的先人也有追赠的官爵待遇，这自然属于高官的特权。与“封妻荫子”制度关联的又有“光宗耀祖”的观念存在，前者属于现实具体的权益，而后者则是由此闪耀出的光彩。

中国自古就有着浓烈的宗法传统，讲求宗族血亲之内的彼此关照、互相提携，并一致对外，上自帝王下至百姓，概莫能外。因为在长期落后的农业社会内，脆弱的小生产及其生活方式，使得小农家庭不得不与同姓大家族保持密切的关系，以应付各种外部压力。当天灾人祸降临之际，特别是外来势力侵害时，他们只能依赖同姓宗族保护自己，祖先就成为维系家族的象征。而一旦某位成员发迹，就更有能力关照其他成员，势必会成为全家族炫耀的对象。这既有其时代的某种合理性，也不免存在很大的狭隘性。当一姓打江山做了帝王，一方面将最高的王权在嫡亲后裔中世袭传承，另一方面则给予同姓宗室成员高下不等的爵禄与特权，共同分享天下利益，这又突出地表现为专制的色彩。因此，先秦时代便有“亲亲，贵贵”的说法，说的是一个人显赫了，他的亲族也可分沾权益，自然也高贵起来。于是，楚霸王项羽大获全胜后，志得意满，不仅大封王侯，还急着荣归故里，要给老乡乃至天下显示项氏的无比荣耀。否则用他自己的话说，就如同穿着锦衣夜行，无人知晓。由此，遂形成根深蒂固的“光宗耀祖”的世俗观念。谁若能够获取“封妻荫子”的成就，在世人眼里就是莫大的荣耀，属于“光宗耀祖”的最佳体现，当然是孝子贤孙梦寐以求的追求目标。

《宋史》中的陈尧叟、陈尧佐和陈尧咨三兄弟传，展示了一幅“封妻荫子”与“光宗耀祖”的清晰路线图，可令人直观地了解到个中奥妙。

陈家兄弟的父亲陈省华，原是被宋太祖灭亡的后蜀国的一个小小县尉，到宋太宗朝才熬到县令。然而，这位平庸的小官却养育出三个出息的儿子。端拱三年（990 年），陈尧叟、陈尧佐同时科场折桂，一位博得状元头衔，一位也名列甲科，兄弟俩从此入仕做官。十年后，小弟陈尧咨再度摘取状元桂冠，也步入仕途。三兄弟科考的巨大成功，尤其是又出了两位状元，在当时几乎是一个传奇，成为士林佳话，连困顿的老父也因此受益而不断得到升迁。陈尧佐做官仅隔一年，就与父亲同时迁官，陈尧叟为此写诗庆贺："蟾桂骊珠，连岁有弟兄之美；鱼章象简，同时联父子之荣。"（张世南《游宦纪闻》）此后，陈家满门富贵，其中陈尧佐官至宰相，陈尧叟官居与宰臣同级的枢密使，陈尧咨也最终获得节度使的高位。父亲陈省华沾儿子们的光，做到首都开封府的知府，死后被追赠太子少师的隆高官衔，母亲冯氏生前封藤国太夫人，三人的夫人也都受封诰命夫人，而儿孙们受益做官者多达十数人。据说，陈省华夫妇晚年十分惬意，家中聚会待客时，三个位居高官的儿子侍立旁边，来客一见都感到惶恐不安，乃至于请求告退。陈省华却满不在意地对大家招呼说：他们不过是晚辈，这样做本是常礼。此事传出去，士大夫都以陈门为荣。（王辟之《渑水燕谈录》）由此可见，原本并不显赫的陈家，正是因为有兄弟三人的官场地位，才光宗耀祖，门楣大放异彩，成为世人艳羡的对象，还为后世戏曲故事所津津乐道。

再说地位最显赫的陈尧佐，本属于政坛上四平八稳的人，政绩平平，还遇事拖沓，曾多次受到言官的抨击，被指斥为中书内的庸人。然而，他临死前为自己写的墓志铭却是不同凡响："寿八十二不为夭，官一品不为贱，使相纳禄不为辱，三者粗可归息于父母栖神之域矣。"（《宋史·陈尧佐传》）宋人《渑水燕谈录》记载相类，而在文末又加了一句："吾何恨哉?"墓志是古人为死者一生写的总结性文字，反映墓主的生平与事迹。陈尧佐懂得客套，所以文字在语气上谦逊，但骨子里透出的却是极度的自鸣得意：自己活到 82 岁，属于绝对的高寿；居官一品，是位极人臣的高官；拿着宰相外加节度使的俸禄，更是最高的收入；取得如此成就，自可心安理得到地下陪伴先人，哪里还有什么遗憾?这段话语着实格调不高，其实道出的正是当年仕途成功者的真实心态，折射的是官场乃至于世俗社会流行的价值观。

做官，做大官，可光宗耀祖，可封妻荫子，这就难怪世人都想挤进官场，而在任的官僚们也大都不安分守己，孜孜以求仕宦发达，为此投机钻营，甚至不择手段，还连带着裙带风随之盛行。宋仁宗宠爱张贵妃，张贵妃的亲戚张尧佐便动员远房侄女为自己吹枕边风，遂因缘附会攀至高位。更可笑的是，张贵妃的奶妈贾婆婆有机会影响主子，有人便打起她的主意。据说朝臣贾昌朝为了升官，竟不顾年龄、体面，与贾婆婆冒认了姑侄关系，因此进入皇帝的视野，仕途顺畅，最终做到宰相。当他与参知政事吴育发生矛盾冲突时，又是贾婆婆暗中相助，说动皇帝将对

（南宋）马和之《女孝经图》（局部）

手逐出中书。以后，监察机关的台谏官弹劾贾昌朝数条罪状，其中就有请托贾婆婆推荐他自己一事。近臣闻听不相信，宋仁宗默然良久，只得承认确有其事。（苏轼《东坡志林》）

裙带之风推而广之，衍生出更广泛的含义。达官贵人自己的亲属，七大姑八大姨也有机会得到照顾，以至于门客、跟班之流都能得到好处。北宋前期的李继隆位兼将相，还是宋太宗皇后李氏的兄弟，家里的子侄多因此踏入政界。李继隆病故之际，除了几个儿子获得提拔外，又有二十多个身边的随从被授予官职。北宋中叶，口碑欠佳的宰相王钦若死后，家属、门客以及家庭医生被录用做官的也竟有二十余人。类似的情况，在宋代并不少见，包括所谓的贤相王旦等人也不例外，因为这是官场规矩，可谓“一荣俱荣”。与此对应的，当然也有“一损俱损”的问题，最突出的还要算那些权臣之家。如北宋徽宗朝的蔡京、蔡攸父子并为宰执大臣，家里子侄以及门生故旧多入朝为官，封妻荫子、光宗耀祖，皆大欢喜，蔡太师府可谓风光体面一时。可蔡京下台后，阖府被抄家流放、树倒猢狲散不说，在一片声讨中，一些被他提携过的人为了自保，表现得更为积极。南宋臭名昭著的秦桧位极人臣，儿子秦熺轻易获取状元头衔，并跻身执政之列，甚至年纪不大的孙女还被封为崇国夫人，而这通常是给高官家上了年纪的女眷的殊荣。与秦桧有裙带关系的吴益，既是秦桧的孙女婿，又是宋高宗皇后吴氏的兄弟，自然得到提拔，坐享高官厚禄。还有秦桧的妻舅王唤、王会兄弟，也是一时官场的红人，前者先后官居临安府（今浙江杭州）、平江府（今江苏苏州）长官，后者则以兵部侍郎身份主政湖州（今浙江湖州），就是一个早亡，一个又赶上秦桧死去，所以未能进一步发达。就连曾投降金朝、出任过伪官的表亲郑亿年，也因秦桧的关照，给予提举临安洞霄宫的安排，其待遇则等同于执政大臣。但到了秦桧死后，朝野当即口诛笔伐，秦熺遭到贬谪，亲族党羽也都受到牵连。至于南宋末年的贾似道，因为是宋理宗宠妃贾氏兄弟的缘故，一路做到百官之首，满门富贵不说，其亲朋故旧、门客也无不得到高官显爵。可贾似道倒台后，自己连命都保不住，家人下场可想而知，这自然属于末世之相，并非常态，所以不足道也。还要说的是，像蔡京、秦桧、贾似道之流的权臣因为作恶多端，封妻荫子也好，光宗耀祖也好，仅限于得势之时，死后都迅即烟消云散，倒是恶名长存。

事实上，由家族进一步外延，邻居乡党多少也能沾点光。刘邦以皇帝身份返乡，就大宴乡亲父老，连带着赏赐许多财物，让老乡们分享荣耀。太平兴国四年（979 年），宋太宗亲征北汉期间，途经翰林学士李昉的故乡，宋太宗竟不顾紧张的军务，特意驻跸下来，大宴七日，款待李昉的亲朋故旧及当地父老，给足了李昉面子，史称“人以为荣”。（《宋史·李昉传》）此举，当然是深谙“光宗耀祖”心理的宋太宗笼络近臣的一个手段。“老乡见老乡，两眼泪汪汪”，老乡相见是有乡情的一面，可老乡更希望的还是“朝里有人好做官”的机缘就在眼前。这就成了官场陋习，却也影响深远。

宋人的以上观念及追求，能不能拿上台面姑且不论，但实实在在地埋藏心中，某种程度上也是众多人奋斗的动力所在。其实，宋朝仅是一个缩影，前后诸多朝代又何尝不是如此？传统社会流行过的一些观念与价值追求，糟粕就是糟粕，任谁也无法否认。也就是说，并非传统文化都是好东西，都可以拿来继承。

淮南王刘安得道成仙及“鸡犬升天”的事，肯定只是道家编的一个传说神话，不足为信，其隐含的意思倒是值得深思。假若服食了丹药真的能够成仙，刘安自然可以得道升天。他的亲友及家中的鸡犬吃了相同的丹药，同样道理也当然能够得道成仙，仙界中不有的是大小仙人以及齐天大圣、天蓬元帅、白龙马、哮天犬之类的神兽吗？但凡有真本事，自可有所作为，就不怕他人非议。问题是，如果刘安只是自己修炼成功，在羽化成仙的时候拽着亲友和家中的鸡犬一同去了，那么这些没有得道的家人与牲畜又如何在仙界生存、发展？岂不成了累赘！

本文原载于《读书》2013 年第 1 期

得失之间

——过度求稳导向下的宋朝施政及其成败

秦朝开创的中央集权体制与各项大一统制度，成为后世中国古代王朝的基本统治范式。自西汉至唐朝的千余年间，历代王朝无不希望长治久安，明智的当政者都力图在制定方针政策与制度设计上讲求成效，但因存在内外形势的复杂变化等因素，其施政导向又不尽相同，或积极主动，或患得患失，或刚柔相济，或倚重猛政，从而有成有败，甚至于“其兴也勃焉，其亡也忽焉”，留下无数的经验教训，并深刻影响到其后当政者执政路线的选择。就宋朝而言，在长期治国与应对现实错综复杂挑战的过程中，形成了求稳压倒一切的政治导向，由此造就了有宋一代鲜明的时代特征。

历经唐末五代百余年皇权更迭频仍、统治秩序败坏、社会剧烈动乱之后，宋朝又一次通过兵变建国。前车之鉴与亲身经历都使宋太祖对前世教训深为戒惧，因此反其道而行之，高度重视中央集权体制的重建，尤其关注内部秩序的整顿。以收将帅兵权、抑制地方等为主的一系列举措，贯穿的都是巩固皇权与中央集权的原则，手法则是以柔性赎买与渐进性树立规则为主，而非直接剥夺的方式，以避免政局与社会的动荡。与此同时，在丧失幽云十六州而带来的北部边防困境下，建立之初的宋朝也制定了统一天下的方略，即先征服弱小的南方割据政权，再筹划北伐强敌辽朝，其出发点同样是力求稳妥，防止战争风险影响到内部治理。当宋太宗时期两次大规模北伐失败后，由于一方面丧失对外征战的信心，另一方面因更注重国内秩序稳定，从此奉行单纯防御的国防战略，放弃了收复长城防线，转而以内部建设及成就为治国的主要目标。当宋真宗朝抗击辽朝的决战以双方妥协而告终后，“澶渊之盟”的签订，标志着宋朝脱离了大一统帝国的发展道路。清代思想家王船山认为：“夫宋祖受非常之命，而终以一统天下，底于大定，垂及百年，世称盛治者，何也？惟其惧也。”（王夫之《宋论》卷一《太祖》）其实也点出了宋朝统治者因惧怕失控而力求稳定的传统。

宋太宗在登基诏中赞颂宋太祖的贡献是：“事为之防，曲为之制，纪律已定，物有其常。”（《续资治通鉴长编》卷十七，开宝九年十月乙卯）也就是说凡事防患未然，本质上则是畏惧开拓带来的风险，这便成为宋初确立并为以后继承的施政与制度建设的核心精神。因此，体现在国家组织与运行设计上，突出分权制衡的原则，其中最高中枢机构由宰相、枢密使分管的中书（后改为三省）与枢密院组成，使行政与军事大权分立与制约；地方大区的路级建制，分由转运、提点刑狱、安抚及提举常平四司共同主管，相互牵制；在州级机构中，专设通判一职，与长官相互制约。为了有效控制兵权，又推行“以文驭武”政策，在枢密院和各地军事系统中逐渐使用文臣主管，制衡武将群体与军队。还组建许多重叠机构，并推行官员的表面官职与实际差遣（职权）分离的制度，等等。这些正是分权制衡意图的体现，反映出宋朝过度追求稳定的政治导向。

从思想意识上看，宋朝统治集团长期引导朝野认同以上导向，否定内外并举与强硬的路线，并将其与传统儒家的纲常有序、仁政及重义轻利等正统理念相结合。如宋仁宗表示“深文峻法，诚非善政”（《续资治通鉴长编》卷一百二十，景祐四年冬十月甲戌），便是表明推崇包容的统治方式。苏轼在为皇帝经筵讲读中，强调“讲读之官，谈王而不谈霸，言义而不言利”（《宋朝诸臣奏议》卷三，苏轼《上哲宗论王道六事》），意在劝诫朝廷在内外政策上规避急功近利的冒进举动。至于宋代理学家，在树立追求“三代”的政治理想下，更赋予纲常伦理秩序以强烈的现实意义色彩。南宋人宣称：“本朝以仁立国，君相同心。”（曹彦约《经幄管见》卷三）其实也是在为这种过度注重秩序稳定的思路作注脚。

宋朝还对以往历代治乱兴衰进行总结，既汲取经验教训，也为自己的导向加以辩护。宋代前三朝，君臣之间的相关探讨已常见于文献记录，其中针对御辽边防的难题就最为典型。如端拱初，宋太宗下诏要求文武群臣提出化解北部威胁的对策，宰相李昉“引汉、唐故事，深以屈己修好、弭兵息民为言，时论称之”。（《宋史》卷二百六十五《李昉传》）淳化四年（993年），宋太宗与大臣讨论到开疆拓土的议题，宰臣吕蒙正以隋唐为例，指出隋唐两朝数十年间，四伐辽东，人不堪命，认为“且治国之要，在内修政事，则远人来归，自致安静”。（《宋史》卷二百六十五《吕蒙正传》）此后，官方鼓励编纂的《新唐书》《新五代史》和《资治通鉴》等前代史书，都反映出宋朝主流意识对借鉴历史教训的认识。宋神宗亲自赐名《资治通鉴》一书，正看重其资政的功用。还有范祖禹《唐鉴》等史籍以及两宋大量士大夫文集中的篇章，也有相关的点评。简要言之：对于秦朝二世而亡的教训，重在总结其急功近利下实施暴政的危害。在对西汉经济、文教建设肯定的同时，对盛极一时的汉武帝时期的内外举措则予以批判，“穷奢极欲，繁刑重敛，内侈宫室，外事四夷”。（《资治通鉴》卷二十二，武帝后元二年）隋炀帝对内有营建东都洛阳、兴修大运河等宏大的工程，对外有过度用兵等举动，百姓深受兵役、劳役之苦，终于导致天下沸腾而亡国，遂成为宋人笔下突出的反面教材。唐朝是宋人评价最高的王朝，其疆域版图、典章制度以及文化成就，都盛极一时，但其频繁的对外用兵也广受宋人批评，如宋代史家虽承认唐太宗的功业超越以往帝王，却对其征伐活动大加谴责："好大喜功，勤兵于远，此中材庸主之所常为。"（《新唐书》卷二《太宗纪》"赞曰"）吕公著在宋英宗经筵上告诫："古之人君，一怒则伏尸流血，故于兴师动众，不可不谨。"（《续资治通鉴》卷六十二，治平元年四月甲申）还是在提醒君主注意好大喜功的危害。

正是在以上导向之下，两宋存在的三百多年间，由于内部稳定期长于以往历代，民众较少受到暴政下兵役、劳役的干扰，因此社会经济、文教及科技等领域得以持续发展，其成就受到海内外学界的高度评价，如著名史家陈寅恪先生所指出："华夏民族之文化，历数千载之演进，造极于赵宋之世。"（陈寅恪《邓广铭宋史职官志考证序》，《金明馆丛稿二编》，上海古籍出版社 1982 年版）与此同时，来自权臣、外戚、宦官专权与地方割据等以往的政治痼疾大都不明显，而局部的农民造反活动虽不少见，但类似前代席卷全国性的大起义却不曾发生，反映了社会矛盾冲突相对缓和，这使得宋朝江山延续更久。但是，矫枉过正的规律在宋朝也突出地显现出来，宋朝过度求稳的导向，深刻影响到当时国家与社会的发展道路，过度求稳下的患得患失，得归得，失也失矣。首先，因为"崇文抑武"，坚持被动防御战略，先进的生产和雄厚的经济力量没有转化为强大的国防实力，正如元代人修宋史时评价道：“宋恃文教，而略武卫。”（《宋史》卷四百九十三《蛮夷一·序》）故宋朝不仅失去了大一统的疆域，对外长期陷于被动挨打局面，还签订许多屈辱和议，并最终两次亡于边患。南宋学者因此总结道：“汉唐多内难而无外患，本朝无内患而有外忧。”（吕中《宋大事记讲义》卷一《序论》）其次，制衡规则过度，不仅导致官僚组织、人员叠床架屋，开支巨大，而且造成官场萎靡风气盛行，繁文缛节下，官员难以作为，人浮于事，效率低下，这些积弊最为后世诟病。最后，这种导向也深深影响到社会风尚，致使宋代民风与文化趋于细腻内向，从而与汉唐时代的雄浑大气形成鲜明的对照。

本文原载于《光明日报》2015年3月21日《理论版·史学》

从治军特点及其得失看宋朝“武绩未振”

在中国历史上，宋代虽然经济、文教空前昌盛，并且域内的统治秩序也相对稳定，但与此同时，其对外边防却出现长期被动挨打局面，先后两次亡于边患之手。这种呈现显著反差景象的格局，即如元代史家所评说：“宋恃文教，而略武卫。”（《宋史》卷四百九十三《蛮夷一》）而若对其成因细加考察的话，不难发现宋朝的治军特点是其中重要的因素之一，值得深究。

一、宋朝的过度制衡原则与治军特点

众所周知，脱胎于五代兵变建国的宋朝，为了重建国家秩序并维护统治稳定，充分汲取以往多年军阀战乱、皇权沦落的教训，厉行强化中央集权。为此，宋朝在制度设计上刻意推行分权制衡的原则，力求防患于未然，宋人即称“事为之防，曲为之制”（李焘《续资治通鉴长编》卷一七，开宝九年十月己卯）。如对最高中枢机关实行分割，以宰相掌管最高行政机关的中书（后改称三省），由枢密使或知枢密院事负责最高军务的枢密院，“对持文武二柄”（《宋史》卷一百六十二《职官二》），互相牵制。与此同时，宰相与枢密使通常各设二名，其下又分别设置多位副职，使参与决策的宰执大臣扩大至十人左右，就此抑制了臣僚专权局面的出现；再如对于较为重要的中央机构，多重叠设置，在地方大区的路级建制分立多个平级机构，互不统属，在州郡一级则特设通判一职，与知州并列等等，以彼此掣肘分权；又如实行官职与差遣分离的制度，将原本大多数官职虚化，仅保留其不同官阶与俸禄的标志，而使用差遣的方式委派官员掌管各级机构的事权，史称：“诸司互以他官领之，虽有正官，非别受诏亦不领本司之务。”（《宋史》卷一百六十九《职官九》）“六部名存实亡，诸司纪统不正。”（吕乔年：《丽泽论说集录》卷九《门人所记杂说一》）实行这种名实脱节的规制，显然有利于随意调动人事，使官员难以久留其位，也就难以坐大势力。特别值得一提的是，宋朝高度重视并充分发挥监察系统的功能，对百官队伍进行监督、约束，即使高官大臣也往往有所忌惮，这在中国历史上都显得非常突出。如北宋中后期御史刘挚所说：祖宗以来，大臣若触犯公议，一有台谏弹劾，则无人能安其位而不去职。诸如此类分权制衡原则的表现，在宋朝不一而足。

宋朝制度建设上普遍存在的制衡原则，在军事系统中体现得更为透彻，可谓达到空前绝后的地步。概括而言，其主要内容有：第一，对最高军事决策权的切割。在宋朝大多数时期里，朝廷凡遇军事决策，一般由中书、枢密院大臣分别提出建议，最终由皇帝裁决，所谓“每朝奏事，（枢密院）与中书先后上所言，两不相知，以故多成疑贰。祖宗亦赖此以闻异同，用分宰相之权”（王明清《挥麈录》后录卷一）。这种军事决策上的制衡原则，意在防止权臣染指军权，这一状态到南宋后期才发生变化。第二，将调兵与统军权分立。枢密院有调兵权，却不掌管军队，如北宋统军权归禁军三衙机构，南宋初统军权归御营司，以后则由大战区的都统制司、制置司、宣抚司等统管，从而构成调兵与统军权之间的制衡。如宋人指出：“天下之兵本于枢密，有发兵之权而无握兵之重；京师之兵总于三帅，有握兵之重而无发兵之权，上下相维，不得专制。”（范祖禹《范太史集》卷二十六《论曹诵札子》）第三，对统军权上的分散。宋初，军队由殿前司、侍卫亲军司两大统帅机构分管，其正副帅职位高权重。随后，宋廷先将以上正副职架空，继而将侍卫司下的马军、步军司分立，与殿前司形成“三衙”鼎立格局，使统军权进一步分散。第四，用监军掣肘将帅。宋朝凡出征作战，主帅之外必设监军，监军官位虽不算高，但却有监督之权。北宋中后期，宦官还参与监军甚至领兵，进一步牵制将帅行动。另外，军中又有走马承受公事一职，多由宦官担任，“以察守将不法为职”（《宋史》卷四百六十七《宦者二》）。第五，文武相制。宋太宗朝开始在枢密院中兼用文武，以互相牵制，北宋中叶以后，则进一步以文臣取代武官（陈峰《从枢密院长贰出身变化看北宋“以文驭武”方针的影响》，《历史研究》2001 年第 2 期）。同时，宋仁宗朝以后，“以文驭武”方针盛行，文臣不仅主导枢密院决策，也掌控各地军事指挥权，如宋人所说：“不以武人为大帅专制一道，必以文臣为经略以总制之。武人为总管，领兵马，号将官，受节制，出入战守，唯所指麾。”（刘挚《上哲宗论祖宗不任武人为大帅用意深远》，《宋朝诸臣奏议》卷六十五《百官门》）南宋时期也大致如此，文官大臣往往出任重要战区的统帅，宋高宗朝还规定：“每路文臣为安抚使、马步军都总管，总一路兵政，许便宜行事，武臣副之。”（李心传《建炎以来系年要录》卷六，建炎元年六月己卯）此外，在军队部署上，宋朝长期实行“内外相制”规则，即将大约半数军队驻守于京畿，其余分布于外地，以互相制衡，“使京师之兵足以制诸道，则无外乱；合诸道之兵足以当京师，则无内变”（《续资治通鉴长编》卷三百二十七，元丰五年六月壬申）。又常将各地驻军换防，并调换主官，使将帅“不得专其兵”（马端临《文献通考》卷一百五十三《兵考五》）。

由上可见，宋朝在国家制度设计中，竭力贯彻制衡的原则，以防范尾大不掉局面的产生。其中围绕兵权所推行的制衡原则，又尤为突出。就此形成了管控过度与过细的鲜明治军特点，不仅军队行动受到严格控制，各级将领更必须俯首听命。如宋太宗选拔将领的标准，即在于是否具有“循谨”的特点：“朕选擢将校，先取其循谨能御下者，武勇次之。”（《续资治通鉴长编》卷二十五，雍熙元年二月壬午）宋真宗又对此进一步细化，其御制武臣“敕七条”规定的内容，要害在于修身、守职及所谓威严三项，强调武将应有循谨、本分和管束部属的能力，却无一条涉及果敢用兵的要求（曹彦约《经幄管见》卷四）。

二、宋朝治军特点的影响与得失

宋朝治军特点的产生，是伴随建国以来朝政发展形势所形成。在两次北伐辽朝失败后，在内外多种因素影响下，宋太宗统治集团从此放弃了“大一统”帝国的追求，转而以稳定内部秩序为施政主轴，以文治建设成就为主要目标，由此确立了“崇文抑武”的治国理念和价值观（参见陈峰等《宋代治国理念及其实践研究》，人民出版社 2015 年版）。相辅相成，宋朝军队的定位与宗旨演化为维持域内统治和对外防御，主要职责是镇压内乱，而非与塞外强敌争锋，边防战略遂定型于保守防御。正因为如此，其治军特点转向严控，而不在于发挥效能。就宋朝治军特点的实际影响而言，显然具有鲜明的“双刃剑”效果：一方面满足了内政发展的需要，另一方面则制约了边防能力的提升，可谓得失兼有。从正面成效来看，主要有以下三点：

其一，这种特点有利于牢固控制兵权，使军队与武将成为服务内政的顺从工具，有效地抑制了地方割据、武夫干政乃至兵变夺权因素的发酵，从而维持了统治秩序的长期稳定。如北宋人已指出：“此所以一百三十余年无兵变之故。”（范祖禹《范太史集》卷二十六《论曹诵札子》）

其二，极大地压制了军功集团与武将势力，巩固了文官士大夫的主体地位和权威，从而确保内政路线的长期不变。在此局面下，相较于以往王朝，宋朝帝王受到士大夫群体的约束较多，大都难以达到肆意暴虐的地步，特别是不敢任意诛杀官员，这就有助于推动政治文明的成长。

其三，遏制了穷兵黩武现象的发生，从而在较大程度上减少了因内战对民众造成的破坏影响，有利于经济社会、文教科技的持续发展。两宋三百余年间，内战相对较少是不争的事实，这就使宋代获得了前所未有的域内稳定环境，有助于各项建设的展开。

就反面消极后果而言，管控过严、过细的治军特点，直接影响到军队效能的正常发挥，其表现主要也有以下三点：

其一，使将帅处处受到掣肘，难以发挥主观能动性，也就无法进行积极、灵活的运动战，从而极大地降低了军队的战斗力。如北宋前期官员已指出：“兵势患在不合，将臣患在无权。”（《续资治通鉴长编》卷三十，端拱二年正月癸巳）“近代动相牵制，不许便宜……勇敢无所奋，知谋无所施，是以动而奔北也。”（《续资治通鉴长编》卷四十四，咸平二年闰三月庚寅）

其二，致使军事将领能力弱化，两宋军中可谓庸将多而良将少。典型者如宋太宗朝曹彬、潘美等将帅在北伐中的消极表现，宋真宗朝河北大帅傅潜的“畏懦无方略”（《宋史》卷二百七十九《傅潜传》），宋仁宗朝众多将领更表现得庸碌无为（参见陈峰《北宋武将素质的整体考察》，《文史哲》2001 年第 1 期），以后的情形也大体类似。而像狄青、岳飞及余玠等名将，则大都遭受猜忌、排挤，难以善终。

其三，这种治军特点落实到边防上，则造成宋军丧失如汉唐军队长驱出塞作战的能力，只能固守消极防御作战，被动应对、挨打。如宋人所指出：“及乎贼众南驰，长驱深入，咸婴城自固，莫敢出战。是汉家郡县，据坚壁，囚天兵，待敌寇之至也。所以犬羊丑类，莞然自得。”（《续资治通鉴长编》卷三十，端拱二年正月癸巳）这就难以有效抵御北方游牧政权军队的进攻，从而导致边防长期陷于困境，最终先后亡于边患。

反观以往历史上，秦、汉、隋、唐等中央王朝因崇尚

“大一统”观念，军功集团在政坛拥有重要地位，故施政具有文武并重、内外兼治的倾向，因此军事征伐成为重要的统治手段，军队还担负着对外积极防御，乃至于开疆拓土的重任。于是，为防范兵权失控而要求将领服从皇权，固然依旧是治军的要害，但却并未成为僵化的教条，更不会过度用制衡手段束缚将帅的手脚。也就是说，这些大一统帝国的治军特点是注重实效与军力发挥。事实上，高明的统治者都深谙孙子“将能而君不御者胜”的名言，通常会赋予将帅独立的用兵权，如秦之王翦、蒙恬，汉之的卫青、霍去病，唐之李靖、李绩等等名将用兵即是如此，故皆可取得辉煌战绩。当然，在宋代以前的历史上，当统治者穷兵黩武之时，连年战争也给民众带来不尽的灾难，汉代乐府诗《战城南》、曹操《蒿里行》及杜甫《兵车行》之类的诗，就揭露了兵燹战乱的无穷危害。

纵览宋朝历史，文盛武衰可谓突出的时代特征，如南宋学者吕祖谦评说：“文治可观而武绩未振，名胜相望而干略未优。”（《宋史》卷四百三十四《吕祖谦传》）其实，吕祖谦所感叹的武备不振，主要是指边防困境的问题，而若从更全面的视角来看，宋朝域内统治的长期稳定，离不开军队发挥的作用，即如南宋人所总结：“汉唐多内难而无外患，本朝无内患而有外忧。”（吕中《宋大事记讲义》卷一《序论》）归根结底还在于宋朝选择的发展道路不同于以往，因此形成的治军特点可谓得失兼有。不过，宋朝留给今天的历史经验教训依然深刻，“物极必反”从来是施政的大忌，宋朝统治集团片面追求内部稳定和发展，使得管控过度的治军特点事实上牺牲了边防能力，从而为后世留下了醒目的覆辙。

本文原载于《光明日报》2019年1月21日理论版“文史哲周刊”

宋代留给北海的一段记忆

今日南海之滨的北海市，不仅以风光旖旎闻名于世，还是一座欣欣向荣的重要海港，但凡去过的人，无不对之留下美好的印象。不过，任何一城一地的发展，都经历了日积月累的成长过程，其间走过的漫漫长路既是历史的记忆，也是后世昌盛的重要基石。北海的往昔就是如此，其中宋代便是一段无法绕开的要道。

历史沿革及其在宋代的位置

在早期历史上，今天的北海地界属百越之地，秦统一后归象郡。汉朝时，开始设置合浦郡，统辖合浦、徐闻、高凉、临允及珠崖五县。三国时，一度改名为珠官郡。隋朝大业年间，合浦郡又曾更名为禄州。唐代时，先后改名越州、廉州，归岭南道管辖。在五代分裂动荡的岁月中，

北海老街

由割据岭南的南汉小朝廷统治。两宋时代，廉州属广南西路下的一州，还曾在宋太宗年间一度改名为太平军，并设有沿海巡检司。欧阳修的族孙欧阳忞在所著《舆地广记》中，对历代廉州的沿革变迁有系统的记录。到元代时，廉州归湖广行省管辖，又在当地设提举市舶司。明朝时期，设置廉州府，归广东布政司管。清朝时，廉州府仍归广东省，不过随着晚清北海港口地位的日益凸显，廉州府的经济中心已日渐从合浦向北海转移。斗转星移，到 1952 年以后，这里才开始正式归属广西壮族自治区。

说起来，今天北海市及周边地区因地处南国海滨，在历史上长期远离中原政治经济中心，宋代以前还曾几度摇摆于割据边缘，故发展相对缓慢。宋朝三百余年间，廉州已成为广南西路下稳定的建制辖区，自然有别于一些治理松散的化外州郡。宋朝的地方行政机构，最高为路级建制，其下依次为州、县。各地州县虽然称呼相同，其实还有等级区分，其中州分为雄州、望州、紧州、上州、中州、中下州及下州等不同等级；县也分为赤、次赤、畿、次畿、望、紧、上、中、下及下下等十个级别。这种划分的背景，主要是依据各自地位与人口数量的差异而定。据《宋史·地理志》反映，廉州属于下州，管辖合浦、石康两县，前者属上县，后者则划归下县。廉州人口的官方统计不全，现存北宋元丰时的数据为 7500 户，也就是大约四万人，又以合浦县居多。王存的《元丰九域志》记载相近，并指出合浦县有六乡，石康县有四乡。彼时，广南西路最发达的地区集中在中北部，桂州（驻所在今广西桂林市）是本路的政治中心，后升格为静江府，元丰时有 46343 户，人口达到二十几万。桂州周围的昭州（驻所在今广西平乐县）、宜州（驻所在今广西河池市宜州区），同期人口接近十万。廉州东北的容州（驻所在今广西容县），同期人口也超过七万。由此可见，廉州在当年只是广西的一个下等州，其综合实力既无法与内地发达地区相比，也不敌本路的许多大州。还值得一提的是，当地常遭受台风侵袭，如《宋会要辑稿·方域》反映：州城临近海边，“每年夏秋间，飓风不时发作，其城上屋宇间有损动”。

宋人周去非《岭外代答》卷一《地理门》有这样的

文字描述：廉州之海，“直通交趾，自廉东南渡海曰琼州、万安、昌化、吉阳军。钦州（驻所在今广西灵山县）有天涯亭，廉州有海角亭。二郡盖南辕穷途也，钦远于廉，则天涯之名甚于海角之可悲矣”。当年的交趾是位于今天越南北部的独立政权，琼州、万安、昌化和吉阳军是设置于今天海南岛的宋朝地方政府，钦州则是廉州西邻的州郡。按照周去非的说法，廉州在海路上与交趾、琼州相通，但属于边远地区。钦州有座“天涯亭”，廉州则对应有“海角亭”，两地也就成为当时人眼里的天涯海角。

然而，宋代廉州虽地盘不大，人口有限，但其独特的环境却造就了并不一般的历史，演绎出一段令人难忘的岁月。

珍珠的魅力与背后的故事

北海在历史上最早出名，是因为盛产珍珠。大概在汉代以前，合浦已经有了采珠业，司马迁《史记·货殖列传》提到岭南特产中的“珠玑”，应当就是特指这里出产的珍珠。不过，当年还没有现代人工养殖技术，珍珠都是天然生成，而人工下海采集时又无潜水设备，故采珠的代价极为高昂，珍珠遂为稀有之物。惟其如此，珍珠深受宫廷、贵族的喜爱，成为他们囊中的宝物。

从文献记载和考古出土来看，珍珠历来是古代上层社会的奢华装饰物，无论是服饰还是器物，都有珍珠装点的身影。《韩非子》说：“和氏之璧，不饰以五采；隋侯之珠，不饰以银黄，其质至美，物不足以之。”由此可知，战国时有一颗被称为“隋侯之珠”的珍珠，其珍贵性足以与价值连城的“和氏璧”相比。有关珍珠的这些话不用多说，它还具有特殊的药效，研粉可内服和外用。按照现今中医的理论，珍珠有镇心安神、养阴熄风、清热坠痰、去翳明目以及解毒生肌之效。可治惊悸癫痫、惊风搐搦、烦热消渴、喉痹口疳、目生翳障及疮疡久不收口等症。这当然源自古代传统医学的经验总结，宋代人唐慎微的药书《经史证类本草》便称珍珠性寒无毒，可治手足皮肤瓣疾，可镇心安神，可通耳塞聋聩，可以明目。此外，用珍珠粉敷面，还可“令人润泽”，也就是能美容养颜。既然有如此之多的好处，珍珠自然魅力无穷，成为世人追逐的珍宝。

早年间，合浦因缺少适宜耕作的土地，当地许多人遂以采珠为业，用珍珠交换粮食、器物，商贩们常往来于交趾。据《后汉书·循吏传》记载：东汉时，孟尝出任合浦郡太守之前，以往的地方官常借上供朝廷之名，诱使百姓采珠，索取无度，并趁机贪污，“于是行旅不至，人物无资，贫者饿死于道”，以至于生长的珍珠逐渐转移到交趾一带。孟尝是个体恤民情的清官，上任后革除旧弊，不到一年的时间，“去珠复还，百姓皆反其业，商货流通”。以后，他因病被召回，当地吏民纷纷拦车，请求他留下。孟尝无法脱身，只得隐居下来，自食其力。汉桓帝时，尚书杨乔还曾上书推荐他，但未被采纳。终老于家的孟尝，也就成为北海历史上第一位名人。自此以后，但凡言及合浦、廉州的记载，“孟尝还珠”几乎都是绕不开的话题。

有道是古代历来清官少，庸官、贪官多，明君也比昏君、暴君少。汉代以后，无论是朝廷还是合浦郡、廉州的地方官，对珍珠的索取都从未罢手，这一精致的宝物因此长期化为当地民众的沉重负担。宋太祖在位期间，南汉国君刘铱曾进贡珍珠。宋太祖得知刘铱为了采珠，每日役使“蜑丁”数千人潜入深海打捞，致使丧命者不计其数，于是下诏罢贡。然而，宋太祖的诏令不过是一时之举，等到宋朝征服南汉以后，合浦的珠子依旧沦为官府征调的对象。

北宋末年奸相蔡京之子蔡絛写了一本《铁围山丛谈》，书中就详细记述了合浦采珠的情形，现将其文言文翻译如下：

合浦珠，大抵出自四五处，皆在海中，又以取名“断望”之处最佳，所出的珍珠尤其美而大。断望池靠近交趾，父老相传，往昔“珠母”累积生长，犹如山形，甚至显露于波涛之上，已不知多少代了。当地的长官每生贪欲之心，或百般诛求，暴虐百姓，民不聊生。此珠山所以渐失，远遁交趾、真腊诸国。留下的珠母越来越少，即使仍有亦不饱满。俗称的珠母，就是蚌。采珠者都是蜑人，号称蜑户，成年男子即蜑丁。他们相貌“怪丑”，吃苦耐劳，以捕鱼为生，皆居海船中，全家老小世代如此。采珠时，众人都携带干粮相会，驾驶十多艘大艇环池停泊，再分别以大绳悬石垂至海底，名叫“定石”。接下来，蜑丁们另外用小绳系腰，然后闭气随大绳直下数十百丈深海底，摸取珠母。不多时，气将尽，则连忙摇晃小绳，船上人看见绳动，便将小绳拉起。蜑丁缘大绳而上，一旦出水辄大叫，随之昏死，许久才苏醒。遇到天气大寒，蜑丁被拽上船后，还要给他们灌下一升多苦酒，以至于七窍出血，最终才能复活。他们如此艰辛，世人却并不知道。

从蔡絛的这段记载，可知蜑丁采珠之艰辛，不啻于死中求生，饱经沧桑的生活亦令容貌变得“怪丑”，珍珠光彩照人的背后，其实有着一言难尽的血泪故事。蔡絛余下的文字还说到：神宗熙宁年间，交趾北上侵略，攻陷廉州等地。及至平定以后，珍珠盛产一时，四方商贾辐辏，百姓赖此安乐。后因官吏苛剥，珠母渐稀，直到高宗中兴复国时，珠母又大量涌现。一个新上任的地方官见珠大喜，便罔上恢复旧制，巧取豪夺，甚至滥用酷刑。作者最后叹息道：“是天以珠池祸吾民也!”另据该书反映，太宗太平兴国七年（982 年），廉州海门采珠场一次上贡朝廷的真珠就有五千斤，颗颗皆有方寸大小。由此可见，合浦珍珠不仅产量丰，而且硕大无比，无怪乎能名动天下。要说的话，蔡絛表达的同情也许是真的，不过却是沦落之下发出的感叹。当年，其父蔡京在相位上权倾一时，只顾迎合昏君徽宗皇帝，横征暴敛，祸国殃民，是世人眼中的“六贼”之首。蔡府聚敛了巨额财富，包括天下的珍奇异宝，其中自然少不了来自合浦的大量珍珠。《水浒传》第十六回《智取生辰纲》描写蔡京的女婿、北京大名府梁中书为了给岳父祝寿，用贪赃的十万贯钱收买了庆贺生辰礼物，无非是“金珠宝贝”之类。珍珠即赫然在列。到宋钦宗即位后，蔡京一家遭到严惩，举家被流放编管，一夕家财散尽。至此，蔡絛这位落魄公子只能消磨时光而已，写点回忆性的文字，说几句不痛不痒的话，倒是给后世留下了一些可供参考的史料。

南宋人周去非《岭外代答》卷七《珠池》对合浦采珠也有详尽记载，其中提到的几个细节，又是《铁围山丛谈》书中所无。譬如：蜑丁下海后还会遇到“恶鱼”的吞噬，轻者伤股断臂，重者则葬送性命。每当一缕血水浮上海面，船上人就知道有人已入鱼腹，当即嚎啕恸哭。产珠又分熟年与耗年，熟年蚌母奇多，耗年蚌母就很少，但熟年不到百分之一二。当珍珠成熟年景，采珠人家冒死所获，却因不善讨价还价，结果数两珍珠就被商贩用一升酒或一斗粮换去。商贩们将获得的珍珠按大小分为不同等级，再转手卖到城里，又几经倒手进入京城，其价已翻倍增长，乃至于贵不可言。长期以来，官方禁止随意采珠，廉州之得名，正是冀望戒贪，就像廉吏孟尝守合浦那样，使流失的珠蚌复还。北宋才子秦少游有《海康书事十首》，其中便表达了对孟尝这样清官的赞颂：

合浦古珠池，一熟胎如山。
试问池边蜑，云今累年闲。
岂无明月珍，转徙溟渤间。
何关二千石，时至自当还。

宋高宗以对金屈辱求和并惨杀民族英雄岳飞而臭名昭著，这已是不争的事实，不过他对珍珠的问题倒算是头脑清醒。据后世辑佚的《宋会要》记载，宋高宗在绍兴二十六年（1156 年）下诏：廉州每岁上贡珠子，虽然系祖宗旧制，但听闻采珠颇为艰难，致伤人命，朕甚怜悯，自今以后可以罢免上贡。原来编定的采珠蜑丁户籍，一并释放，听其自便。他还对宰辅大臣说：朕以为珠子并非急用之物，既伤人命，官府又骚扰，还因此产生贪官污吏，不可不罢。宰相沈该当即颂扬道：臣等仰见陛下不在乎珍奇异宝，仁民爱物，用心真是与尧舜无异！廉州上贡珍珠的负担就此取消，边远海疆的百姓总算舒了口气。然而，到南宋中叶以后的宁宗朝，又有朝官反映：廉州有贪官为了攫取合浦珍珠，竟强迫渔夫为采珠户，另有广东肇庆官府为得到端砚，也驱使百姓长期采掘石料等积弊，都属扰民之举。因此，要求严加惩处。可见，纵然朝廷有令禁止，可地方总有污吏阳奉阴违，更不用说在天高皇帝远的地方了。合浦有珠，不知是福还是祸？

在宋代，珍珠广受世人垂爱，就连遁入空门的和尚也明此道理。北宋僧人赞宁的《宋高僧传》便说："合浦之珠，北土之人得之，结步摇而饰冠佩，南海之人见而不识，闻而可爱也。"这一隐喻说法表征的外在意思是：内地人用合浦珍珠装饰衣冠，行走起来有飘摇之美；南海寻常人看到合浦珍珠，也不识货，但觉得可爱。南宋僧人普济的《五灯会元》，将佛门禅师的修炼功夫看得最重，并与合浦珍珠相对比，所谓"合浦明珠比不得"。宋元话本中屡见的"珍珠衫"，本应是富贵家小姐的贴身之物，不过，风流的青楼名妓玉体上也会不时显现。珍珠衫标示的身价不说，给人留下的却是红香玉软的不尽遐想。

除了珍珠，宋朝时期廉州还有其他出名的物产。曾在此居住过一段时间的苏轼，在品尝过当地的龙眼后，就极为喜爱，认为"廉州龙眼质味殊绝，可敌荔支"。廉州又产"吉贝"，就是木棉生长的棉花，属于两宋新出现的纺织原料。周去非的《岭外代答》卷六《吉贝》，对廉州一带的吉贝情况有详细的记载，特别提到廉州人用上等吉贝织布，"匹幅长阔，而洁白细密"。宋代以前，只有丝、麻织品，棉布的出现，毫无疑问极大地改变了人们的生活。

廉州海滨还有可供观赏的奇石，虽不如太湖石、灵璧石名气大，但“千岩秀”的形态，亦得到文人雅士的喜爱。在宋朝官方眼里，廉州的银矿当然最有价值，所以珍珠可以停供，每年进贡的白银却从未中断，因为白银这种贵金属自古就十分稀缺。

官守、科举、盐业与流放地的轶事

廉州虽然边远，宋朝的统治触角却一应俱全。衙门里有人主事掌印，选拔官员的科举制度落地生根，承担的赋税、征调也一样不能少。廉州的特殊位置，还被中央用以安置流放官员。遗憾的是，三百余年间这里的官方活动，留存下来可供详尽考实的资料相当有限，不过借助支离破碎的记载，仍可管窥到当年的一些场景与片段。

从来是一方水土养一方人。南海之滨的廉州，风光景色虽然很美，可中原内地来的官员却往往水土不服，所以他们多不愿来此任职。于是，宋朝早年订下了规矩，各地州县两级的幕职官（文官中的最低层级）但凡称职，就能以代理知州的身份主持廉州及类似的岭南边远地区州衙，这被称为“摄官”。以后，才改由高于幕职官的京官担任，但仍大多属于低职高配的摄官。司马光就曾说过：朝廷因岭表属瘴烟之地，北人不便，不得不用摄官。《宋会要》记载：在宋朝第三代的真宗朝初期，数年间曾先后有四个外地人在廉州知州任上亡殁。宋真宗不得不为此下诏，命令从岭南人中考虑人选，并降低对资历身份的要求，凡符合者可以破格提拔到廉州知州的位上，至于不服水土的人就不必再安排了。诏令颁布后，一位地位不高的使臣级武官遂享受到优待，立马被越级提升做了廉州知州。这在内地当然绝不可能，不要说武官了，即使够资格的科举出身文官也不容易做到。

北宋中叶以后，官场冗官积压，内地衙门的实职日益紧缺，于是文臣从州县幕职小官熬起，历经层层考核、筛选，没有十年以上乃至于二十多年的光景，都难以挤进知州的门槛，武官的难度就更大了。但岭南边远地区例外，像一个左藏库副使（略高于大使臣级的武官）的冗官，便被派来做廉州的知州，皇帝给他下达的任命诏书如下：

> 合浦之地，古为珠官，琦珍所聚，掌握致富，宜得廉吏为之守长。且蛮蜑荒远，难驯易扰，非夫武壮智略不能镇服。以是数者，推择用汝，祗莅恩宠，益思善效。

这道诏书文字表达的意思是：合浦地方，珠宝汇聚，官长掌握财富，所以必须用廉吏担任。况且荒远边民难以驯服，非武勇才略者不能震慑。因多人推荐才给你恩宠，希望今后多思善政。

除了以上官场中的照顾，还有其他方面的奖励措施。

北宋以来，包括廉州在内的广西南部、西部的知州，只要能安抚边民不滋生事端，离任时都会受到优先褒奖。

宋朝最重科举选官制度，读书人因此无不以此为奋斗目标，不过，由于两广的文教水平低于内地，宋中央只能在政策上加以照顾。如司马光曾反映：全国各路参加礼部进士考试的名额是十比一，而广南东、西两路诸州许多举子并没有达到要求，也按比例送来考试，这些人自知学力不够，无非是在京城考场里走上一圈。他们回去以后，便有机会当摄官。不用说，当年廉州考生就享有这样的政策照顾。据《宋会要》记载，南宋光宗朝的廉州知州沈杞上奏朝廷说：在以往的州一级初试时，廉州考生都要赶去东边的雷州（驻所在今广东海康县）考场，往来须坐船渡海，经常遭遇风涛之险。因此建议在本州自置科考初试，通过的考生再报送礼部，所产生的一切费用由本州自行解决。朝廷批复了沈杞的要求，从此廉州的考生再也不用冒险远行了。

在宋代，科举考试中的人性化规则不少，比如对慢性子或极度认真的人，就允许延迟交卷。李心传《建炎以来朝野杂记》记录了这样的例子：旧例规定，参加殿试的举人，黄昏时可以请求点上蜡烛答卷，到天黑以后才宣布终场。宋宁宗庆元五年（1199 年）殿试，来自廉州的特奏名进士科考生刘嘉猷和江西两位考生，点灯答题至一更四点，也就是大约将近夜晚九点，才最后交卷。这位刘嘉猷究竟是性子慢还是过度仔细，已不得而知，但他属于特奏名的类别还是值得说明一番。宋朝对参加科考屡试不中的人有一套特殊的照顾政策，被称为“特奏名”，具体规定是：凡参加过五次礼部省试中的进士科、年龄超五十岁的考生，和六次参加过省试中其他科、年龄超六十岁的考生，都一律放宽要求，可以直接参加殿试并予以录取。廉州的老童生刘嘉猷答题缓慢，实在情有可原，不过最终还是能获得进士功名，被录用做官，也算了却了夙愿。

廉州海盐是当地的支柱产业，由官方垄断经营，供应广西内陆各州。本地食盐的销售，也由官府控制。据《宋会要》反映：廉州有六处官营交易场所，分别设置于州城与下属合浦县的白石、英罗、大廉、石康及平陆，每年收取一千三百九十贯一百三十二文盐税。自党项势力崛起以后，宋朝失去了传统上河西地区的战马供应，为了解决军队马匹紧缺的问题，只得一边在内地养马，一边向周边地区买马。北宋元丰年间，广西安抚司专门设置一名干办公事的官职，驻于邕州（驻所在今广西南宁市），负责向左右江边民买马。南宋时，在邕州城设置提举买马司，采购战马的范围进一步扩大到割据云贵的大理国。买马需要大笔开支，廉州的石康盐，就是官方筹措经费的重要来源之一。

廉州被宋人称为“海角”，远离京城与内地都市，所以常被用来处置被贬谪的官员。在此不得不先要交代宋代的官场规矩：凡是官员犯罪或失职，最重的惩处是死刑，但很少使用；其次是在脸上刺字、用棍棒杖打脊背，然后流放到海岛。不过，宋朝非常包容官绅，遵从“刑不上大夫”的传统观念，故这种有伤体面的重罚也不多见。真正常用的处罚方式，分为羁管、编管、安置及居住等几类。羁管是将罪犯夺官除名，再羁押流放到边远地方，由当地官府囚禁；编管与羁管相近，但稍轻于后者，部分人仍能保留官员在册档案。他们一般居住于官府里的厢房，活动受到监督，范围限定在州城内，定期要接受检查；安置通常是对高级官员的惩罚手段，他们被免职后，仍都保留官员身份和俸禄，但皆为节度或团练副使及司马、参军、别驾之类的散官。他们可以租住民居，也允许自建私宅，虽然受到监视，行动却比较自由，能与官员及百姓交往；居住惩处与安置相似，适用范围广泛，既包括中高级官僚，也针对一般官员，有保留闲散官职待遇的，也有停职或削夺官籍的。受到居住惩处的官员，一部分属于流放，地点多在内地，其余的人还允许自己选择居住地，活动自由，官府也不监视。

宋代历史上，被贬谪到廉州的官员不少，最出名者有苏轼、陈瓘两人。宋神宗元丰三年（1080 年），苏轼在湖州（驻所在今浙江湖州市）知州任上，因诗作有诽谤之嫌，被贬为黄州（驻所在今湖北黄冈市）团练副使，就地安置监管，此即“乌台诗案”。宋哲宗登基后，苏东坡被召回朝，出任翰林学士、侍读学士，做了小皇帝的师傅。以后又外任地方官，先后在杭州、扬州等地当知州。绍圣元年（1094年），苏轼因受新旧党争牵连，再度被贬谪为节度副使，安置到岭南的惠州（驻所在今广东惠州市）。时隔三年，又进一步被贬为别驾，流放到昌化军（原儋州，驻所位于今海南儋州市中和镇）。今天的海南岛，是古人眼中的天涯边际，在唐宋时代也是流放犯人最远的蛮荒之地。时年62岁的苏轼携子渡海南下，以为将老死于此。

元符三年（1100年）初，宋哲宗驾崩，其弟宋徽宗即位。不久，新皇帝下令大赦，65岁的苏东坡从儋州被北迁至廉州，就此告别"食无肉、病无药、居无室、出无友、冬无炭、夏无寒泉"的日子。垂暮之年终于得以北归，苏轼大有劫后余生的感叹。乘船渡海之际，他兴奋地赋诗一首：

参横斗转欲三更，苦雨终风也解晴。
云散月明谁点缀，天容海色本澄清。
空余鲁叟乘桴意，粗识轩辕奏乐声。
九死南荒吾不恨，兹游奇绝冠平生。

在廉州，苏东坡固然仍属贬官，但各方面的条件已经明显改善。当年，苏轼是闻名天下的大文豪，其坎坷遭遇又倍受士林同情，所以抵达之后，受到当地官吏与士人的热情款待，包括廉州的长官。说起来，这位知州是一位张姓武官，本身的阶官为左藏库使或副使。许多人不熟悉宋朝官制，读到苏轼笔下的张左藏，以为他姓张名左藏，岂不知这是一种用官衔称呼对方的习惯。另有刘几仲、邓拟等几位文官士人，也与苏东坡交往频繁，或品茗谈诗，或同游观景。一日，在游览东山寺时，苏轼在庙里看见墙壁上有住持和尚题诗，却无缘见面，便题诗相和："孤云出岫岂求伴，锡杖凌空自要飞。为问庭松尚西指，不知老奘几时归。"游到纪念孟尝的"还珠亭"，读罢《还珠亭碑记》，提笔写道："孟尝高洁，施政廉明，去珠复还，无怪乎千古誉为盛事。"

此时，友人欧阳辟做石康县知县，也抽空前来拜访，苏轼写过《谢晦夫惠接琴枕》一首答谢。端州（驻所在今广东肇庆市）知州郭祥正还寄来《寄子瞻自朱崖移合浦》的诗，以庆贺东坡北归："君恩浩荡似阳春，海外移来住海滨。莫向沙边弄明月，夜深无数采珠人。"苏轼同多位地方官、友人游海角亭后，挥毫写下了"万里瞻天"四个大字。总之，苏轼在廉州居住期间，与新旧朋友相聚，饱览名胜风光，品尝特色果品及佳酿，心情极为舒畅，两个月的时光很快就过去了。随后，他接到授予团练副使闲官的诏命，内迁永州（驻所在今湖南零陵县）。临行前，苏轼与诸位一一惜别，并写下《留别廉州张左藏》一诗。不久，苏东坡终于得到平反，可以回到江东养老，但不到一年就因病辞世。

陈瓘，号了翁，是北宋后期知名的士人，其屡次遭贬流放的命运，与苏轼的悲剧相类。陈瓘有进士甲科出身的背景，入仕后长期出任右正言、左司谏等言官之职，也就是负责给皇帝提意见并监督百官，他最终做到给事中的官位。陈瓘为人刚直，尽职尽责，故直言敢谏，不避权贵。在宋哲宗、徽宗两朝，陈瓘多次上奏批评章惇、蔡卞、安惇和蔡京等几个宰相，卷入新旧党争的漩涡，因此多次遭到贬谪，境遇悲惨坎坷。尤其是在宋徽宗朝，他连续上奏，激烈弹劾、抨击奸相蔡京，结果被除名编管，流放廉州，其亲属、师友都受到牵连。陈瓘虽深受当政者迫害，却始终不屈服，其高风亮节，赢得后世的高度评价。

在廉州失去自由的三年日子里，陈瓘远离了朝中的政治纷争，于是潜心著述，写出《合浦尊尧集》。在本书中，他为变法派领袖王安石辩护，但对王安石的追随者蔡卞等人的行为，则毫不留情地予以揭露，就此给后世留下了珍贵的资料。他还著有《了翁易说》《谏垣集》等书。在离别合浦的途中，陈瓘一连写出多首诗篇，诉说自己的万千感慨。《自合浦还清湘寄虚中弟》：

其一

三年已绝生还望，一日天恩到海涯。

路过清湘犹间阔，当时何不住长沙。

其二

行彻天涯万里山，月明方照海珠还。

瘴乡来往浑闲事，聊为清湘一破颜。

其三

曾近沧溟看飓风，波涛有尽海无穷。

四年陈迹今何在，坐对湘云豁晚空。

其四

瘴海只将梅作雪，湘山今见麦为春。

晴空有月当如旧，岭北山南总照人。

他还有一首《满庭芳》的词，将看尽的匆扰人生写得明明白白：

扰扰匆匆，红尘满袖，自然心在溪山。寻思百计，真个不如闲。浮世纷华梦影，嚣尘路、来往循环。江湖手，长安障日，何似把鱼竿。　　盘旋。那忍去，他邦纵好，终异乡关。向七峰回首，清泪班班。西望烟波万里，扁舟去、何日东还。分携处，相期痛饮，莫放酒杯悭。

通商口岸的身影

廉州虽然地处广西海滨，并拥有良港，不过在宋代以前，这里还仅是普通的渔港，出入的货物种类相当有限。时光流转到宋朝，廉州（合浦）港才搭上丝绸之路的快车，形成比较重要的通商口岸。

汉唐时期，岭南对外贸易的口岸，主要是广州港及交州港（即比景港，位于今越南广平省巴洞以北），其中交州港是联系广西及西南地区的重要出海口。但到了唐朝末年，由于统治衰弱，南诏势力一度攻陷安南都护府（今越南北部），交州港遭到破坏。以后，又随着安南独立建国，于是原本在交州港活动的商人向广西沿海转移。进入两宋时代，因为北部与西部存在辽朝、西夏游牧政权，传统的陆上丝绸之路开始受到严重的阻隔。正所谓“失之东隅，收之桑榆”，陆路不畅，海上交通遂成为外贸的重心所在，加上造船与航海技术的空前进步，于是海上丝绸之路日益繁荣，廉州港也因此迎来了发展的机遇。

要补充说的是，广西沿海的廉州港、钦州港是西南地区最便捷的出海口，但宋代以前之所以没有充分开发利用，既与广州、交州港外贸兴盛有关，也与当地不利的航海环境有关。多年以来，廉州、钦州港外，暗礁、险滩众多，影响船只通航。从晚唐至宋初，经过官方多年开凿整治，这里的航道条件明显改善，大规模通航才成为可能。

宋朝年间，钦州港属广南西路最大的港口，其次就是廉州港。两处辐射西南内地，沟通东南亚、印度洋、阿拉伯海沿岸航线，再经拜占庭帝国与欧洲大陆相通。南宋人周去非在广西做官多年，对当地的外贸情况相当熟悉，根据他的笔下记述，通过广西港口输入输出的货物，直接或间接涉及的范围极为广泛，既包含临近的安南、占城（今越南南部）、真腊（今柬埔寨）等地，也远至天竺（今印度）、大秦（今土耳其一带）、大食（阿拉伯半岛）及波斯（今伊朗）。《岭外代答》还记载了宋代大型商船远航的情形："浮南海而南，舟如巨室，帆若垂天之云，舵长数丈，一舟数百人，中积一年粮。"

彼时，安南是这一航路的重要中转站，其客商不仅带来本土的产品，还转手各种舶来品，包括食盐、香料、真珠、犀角、象牙及其他珍奇异宝等，与宋朝商人交换瓷器、纺织品、金银、铜器、漆器、笔墨文具、朱砂以及各种果品等商品。安南人因为不会铸钱，于是走私货物交换宋朝的铜钱。有意思的是，据《岭外代答》记载，广西出产的墨，品质寻常，根本无法与内地的名墨相比，却深受安南人的喜好，竟然将买到的墨块与"角砚""鹤笔"之类物件垂挂在腰间，以示夸耀，"以得中国墨为荣"。

宋朝的南海贸易，外国所无的瓷器是重要的出口产品。这些年，在两广沿海打捞的宋代沉船中，堆积的大量瓷器即是证明。据现代考古发掘可知，合浦及周边出土了大量宋代陶瓷窑址，诸如下窑、中窑、上窑、东窑、西窑、常乐缸瓦窑、黄丽窝缸瓦窑及红坎窑等等，问世的品种繁杂多样。这种情况在广西腹地的其他地方并不多见，不用说，这显然是与当地瓷器大量外销有关。这些瓷窑当然皆属民窑，烧制的都是日用瓷器。今天人称其为外销瓷，宋朝宫廷以及上流社会肯定看不上眼，因为内地有五大名窑的精品可供享用。

想当年，从廉州合浦港与钦州港输出的丝织品，主要来自四川地区。蜀地自来是丝绸之乡，精美绝伦的“蜀锦”更是名扬天下，是宋朝皇室、达官贵人的最爱，也是各地市场上的名贵品。丝织品是中国独有的好东西，享誉海外，自然远销各地，进入外国王室、贵族的家中，像欧洲上层圈子便对此爱不释手。其实，四川的货物本来还有另外一条外出通道，就是通过云南进入今天的缅甸，再借道转往印度洋沿岸及其以西地区。可是两宋时期，因为割据云南的大理国不在中央管辖之内，这条通道便受到阻塞，虽有部分产品存在交换，但大宗商品却无法流通。因此，四川的丝织品出口主要是通过广西口岸，然后漂洋过海，廉州合浦港就扮演了其中的一个枢纽角色。此外值得一提的是，蜀地商人采购的舶来品中，以各种香料最为重要，于是蜀锦南下，蕃香北上，成为广西滨海口岸贸易的一大亮点。

最后要说的是，从北宋中叶开始，为了适应钦州、廉州日渐繁忙的港口贸易形势，官方及时跟进管理和服务。在这两座口岸专门开设有驿馆，并就地设置贸易市场——“博易场”，由委派的官吏监管，以便于外商（以安南客商为主）入住与交易。

宋代廉州的点点滴滴，无论是模糊的边城官民活动，还是盛名远播的珍珠、龙眼、吉贝及名人足迹，抑或是日渐崛起的对外贸易，都已成为北海成长中的一段难忘的记忆。俱往矣！今天的北海市，正当蓬勃成长之际，“一带一路”国策的出现，必将为她创造新的发展机遇。

2017 年夏于西北大学

本文原载于《美文》2017 年第 8 期

杯觥之间

——宋代的酒桌与政治

在中国传统生活中，“宴”与“饮”密不可分，聚会与饮酒常常相连，故“饮乐”在古代的语汇中往往特指饮酒之乐。《诗经·小雅》中有“以御宾客，且以酌醴”之句，说的就是接待宾客时，应以美酒款待。曹操的名言“何以解忧，唯有杜康”，陶渊明的话“平生不止酒，止酒情无喜”，则道出饮酒有忘忧与生情之效。如此一来，酒便成为很多人的最爱，就连遁入空门的一些僧人也被酒香吸引，称之为“般若汤”（张邦基《墨庄漫录》）。既然酒历来是世人聚餐中不可或缺之物，酒桌便承载了数不清的话题，其中牵扯到复杂的政治内容也不少见。

宋代以前，“酒池肉林”“鸿门宴”“青梅煮酒论英雄”及“曲江流饮”之类的酒场故事，都与政治存在关联，或揭露沉湎误国之祸，或描写暗藏杀机之心，或表达指点江山之意，或彰显仕宦交游之趣。不过就政治话题而言，这些酒桌上的往事，都远不及宋朝那样丰富多样。

“杯酒释兵权”与“后苑之宴”

行伍出身的宋太祖长期嗜酒，也谙熟“人事三杯酒，流年一局棋”（唐代李远诗句）的深意，许多棘手的政治难题便拿到酒桌上解决。开国初年，赵匡胤面临的主要威胁来自禁军将帅与各地藩镇，原因很简单：前者掌管军队，随时可能效仿兵变篡位；后者则盘踞地方多年，对中央也构成极大的威胁。在应对这些实力派的过程中，宋太祖软硬兼施，手段无所不用其极，其中就包括设席请酒的方式。闻名于史的“杯酒释兵权”与“后苑之宴”，可谓这方面的两场代表之作。

发生在宋朝建国一年半后的“杯酒释兵权”，是宋太祖亲自导演并主演的一场大戏，配角乃禁军将帅石守信、高怀德、王审琦、张令铎等人，场地在开封城中的皇宫内殿，主题为御宴上的君臣聚饮交谈，宗旨则是收兵权。先交代这场戏的背景：石守信等几位曾经是赵匡胤的结义兄弟，直接参与了“陈桥兵变”，为赵宋建国立下过汗马功劳，因此都官居禁军统帅要职，还拥有各自的藩镇地盘。要说五代时期，武夫悍将跋扈，动辄兵变改朝的事并不少见，由此受益的宋太祖当然明白个中就里，遂将这几位视为心腹大患。但石守信等人是开国功臣，又手握兵权，部下爪牙众多，素来谨慎务实的赵匡胤既不敢贸然大开杀戒，也怕落下“飞鸟尽良弓藏，狡兔死走狗烹”的骂名，

河南禹县白沙宋墓墓主夫妇宴饮图

于是想用赎买的办法收回兵权。不过，要达到目的却非易事，因为要收他们的实权，用现在的话说就是要动对方的“奶酪”，绝非一道圣旨就行，只能动之以情、晓之以理，以协商的方式达成交易。而最合适的交易场合，非酒桌莫属。

据宋代史籍《续资治通鉴长编》记载，当年七月的一天傍晚，宋太祖专门在宫中设宴，邀请石守信等人入席。

当彼此酒酣耳热与动情之际，赵匡胤屏退身边左右，先是感谢他们昔日襄助兵变之功，再感叹当天子的艰难，然后表明对兵权旁落的担心。诸将这才明白参加的是一场“鸿门宴”，想到以往开国君王常常杀戮功臣的先例，都恐惧涕泣，乞求指条生路。赵匡胤遂说出如下相劝的话：

人生如白驹过隙，所图的富贵二字，不过是多积金钱，优游享乐，使子孙免遭贫乏。你们何不解去兵权，出守大藩，置买上好田宅，为子孙立长久基业，多养歌儿舞女，天天饮酒作乐，以终天年。我再与各位联姻，君臣之间两无猜疑，上下相安，“不亦善乎”？

知道这是一场政治交易后，石守信带头拜谢，接受了开出的条件。翌日，诸功臣将帅都主动请辞军职，卸甲归田。外人当然不明白这样的吊诡结果，原是在酒桌上达成的利益交换。其实，宋太祖是有备而来，石守信等人却是毫无防范，所以在把酒言欢中被擒个正着，惟有俯首听命，就此演绎出一曲绝唱。

与“杯酒释兵权”有异曲同工之妙的“后苑之宴”，过程就简化了不少。开宝二年（969 年）十月，宋太祖在后苑设宴，邀王彦超、武行德、郭从义、白重赟及杨廷璋等一批老资格的节度使赴会。依旧是酒酣之际，赵匡胤对诸位说：你们都是朝廷宿臣，操劳重镇已久，非优待养贤

宴饮图

之意。王彦超表示愿卸去节钺，但武行德等人却不甘心，纷纷诉说自己的功劳。赵匡胤不再耐心劝说，干脆答复道：这都属前代的事，何足挂齿。次日，便将他们一律打发到虚职。这场酒席中的变故，发生在宋廷根基巩固之时，更不用说这些人又属前朝遗臣，故宋太祖的态度坚决果断。丰盛的酒席不过是一种过场而已，背后隐含的是斧钺相加，赴宴者只得俯首就擒。

宋人王巩的《闻见近录》还有一段戏剧化的描述：宋太祖即位后，过去结拜的“十兄弟”为藩镇，颇为跋扈。某日，赵匡胤召唤他们一同骑马出游。当游至一处林中，赵匡胤下马请众人聚饮，随后借着酒气说：此处无人，你们谁想当皇帝的话，可乘机杀我。众节度使听罢，全惊恐叩首。宋太祖这才乘机敲打，告诫要谨守臣节，不得继续跋扈，最终“饮尽醉而归”。

与以上“鸿门宴”中的密室政治相比，宋太祖给将帅、地方实力派摆设的酒席，更多的还是一种政治待遇，以此笼络他们，稳固自己的统治。至于邀集亲近大臣赴宴，除了以示恩宠外，也通常包含商议国事的用意。

小范围的酒宴，还是宋朝帝王观察臣僚的特殊场合，一些人的前程也由此受到影响。如邠州节度使刘重进奉命入朝，赵匡胤在曲宴上与其交谈后，对左右说：观刘重进举止无异常人，前朝用为将帅，何足担当大任？随之将其罢为闲职。至道元年（995年）四月间，宋太宗向丞相吕蒙正征求提拔参知政事吕端为相的意见，吕蒙正认为吕端为人糊涂。吕蒙正独居相位却发此非议，反而引起了宋太宗的猜疑，便回答道：吕端小事糊涂，大事不糊涂。于是，在某天的后苑宴会上，宋太宗仔细观察后，作《钓鱼诗》一首示意吕端，其中有“欲饵金钩深未达，磻溪须问钓鱼人”之句，暗喻自己是求贤的周文王，而吕端则是垂钓的姜子牙。时隔数日，吕端升任宰相，而吕蒙正则罢相出局。据说王安石在当知制诰时，一次参加宫中的赏花钓鱼宴，宦官为每位官员提供了放有钓饵的金碟，王安石竟将饵料吃完。次日，宋仁宗对宰辅说，王安石为人有诈，误食钓饵一粒就应停止，他反倒全部吃尽，这不符合人情。因此，宋仁宗对王安石产生了反感，始终未予重用。

“半夜之会”

宋人笔记《玉壶清话》记载了宋太宗朝的一件逸闻：枢密副使赵昌言与盐铁副使陈象舆、董俨和知制诰胡旦为同年进士，皆一时青年才俊，加上赵昌言旧日的同僚梁颢，五人过从甚密，气味相投。于是，他们经常晚间在赵昌言任职的枢密院内聚会，纵情饮酒，弈棋投壶，几无虚日。他们常常夜半才醉归，有一次碰到巡夜的吏卒拦马询问，梁颢竟在马上挥鞭责打，并口出狂言：“金吾不惜夜，玉漏莫相催。”开封城一时传出“陈三更，董半夜”的民谣。大概此事传得沸沸扬扬，有碍朝廷形象，赵昌言因此遭到贬官处分。以后，他复出为参知政事时，宋太宗对他笑道：半夜之会，不要有了。赵昌言当即叩首谢罪。出自百年后的这一记载，意在调侃过往的一段士林佳话，却过滤了背后的隐情。

表面上看，“半夜之会”不过是几个酒友聚会，以及过分贪杯引发的风波，但其实与朋党政治纠葛有关。这场风波的主角赵昌言，与胡旦、董俨系太平兴国三年（978年）同榜进士，胡旦是状元，赵昌言为省元，三人遂有同年之谊。自唐朝科举选官制度兴盛以来，同年关系就是官场中的重要资源，互为奥援，党同伐异，成为常见现象。进士出身的陈象舆与董俨为最高财政机构三司同僚，又彼此嗜酒，被称为“陈三更”“董半夜”，自然进入了赵昌言的圈子。梁颢为雍熙二年（985 年）的状元，曾是赵昌言的下属，两人也为故交。如此一来，以身居枢密副使高位的赵昌言为首，在朝中形成了一个关系密切的派系集团。但宋太宗是个既刚愎自用而又猜忌心重的皇帝，唯恐自己被架空，不仅经常撤换宰执大臣，也厌恶官僚们拉帮结派。赵昌言一伙人懂得规矩，因此便以饮酒为名聚会，密商朝政纷争之事。

端拱元年（988 年）初，一位叫翟马周的布衣来到登闻鼓院击鼓，呈文抨击宰相李昉失职，结果李昉罢相。不久，开国元勋赵普复出为相，追究此事的主谋为胡旦，赵昌言则暗中相助，便奏请皇帝将赵昌言等五人一律贬官。于是有了不同于《玉壶清话》的另一个更真实的版本：

佣书人翟颖者奸险诞妄，素来与胡旦亲狎。胡旦发现翟颖可供驱使，为他改名马周，以附会唐太宗时的著名谏臣马周之名。然后起草了大胆狂言，指使此人击鼓上书。翟马周言辞多诋毁时政，又自荐可为天子大臣，还力举十多人有辅政之才。此事实际上得到赵昌言暗中相助，一看文辞语气，便知是胡旦所为。李昉被罢黜后，赵普复出秉政，对这些幕后指使者深为疾恨。开封尹、许王元僖派亲吏查出线索，告知皇帝，将翟马周逮捕下狱，才发现事情原委。陛下为之震怒，下诏将翟某施以杖刑，流放海岛。再将赵昌言、陈象舆、董俨、胡旦及梁颢等人一律贬谪外地。其实，皇帝原本对赵昌言寄予厚望，已有提拔为宰相的意思，但碰上勋臣赵普再度主政，怕赵昌言刚戾难制，因此要求严惩，予以诛杀。天子不听，宽宥了赵昌言。赵普以往赋闲时，曾因事认为陈象舆对自己不恭，所以这次将陈象舆与梁颢一并株连。

从以上《续资治通鉴长编》的记载中，不难发现“半夜之会”并非单纯的吃喝，而是多少有政治密会的性质，与当时新贵和老臣之间的权力角逐有关。赵昌言等五人最终失败被贬，自然也就与酒桌内外的放荡行为关系不大了。

在宋代，类似与喝酒相关的政治斗争话题还有许多。典型的例子如：宋仁宗明道二年（1033 年），在朝廷为已故太后举行的一场礼仪活动期间，宰相张士逊抽空跑到枢密使杨崇勋家喝酒。一个宰相，一个枢密使，分别是文武之首，宾主俩只顾推杯换盏，竟将大事抛到脑后，直喝到中午还没散去。百官们等他们不到，御史中丞范讽即刻就弹劾两人有失体统。于是，张士逊、杨崇勋都遭到罢官外放处分。这两位被贬固然咎由自取，不过实在也与政治角力有一定的关联。张士逊和杨崇勋属昔日刘太后垂帘听政时期重用的人，而张士逊又与另一位宰相吕夷简一直存在竞争关系，常常是轮流当政，故张士逊在宋仁宗亲政后便与杨崇勋结成同盟，以巩固自己的权位。这次能因喝酒引发如此大的风波，大概张、杨聚会于酒桌的日子不在少数，也终于给政敌提供了口实，使得幕后的吕夷简有机会重登相位。宋哲宗即位初，翰林学士王观根据亲身经历，以御宴为内容写了首《清平乐》词：“黄金殿里，烛影双龙戏。劝得官家真个醉，进酒犹呼万岁。　折旋舞彻伊州，君恩与整搔头。一夜御前宣住，六宫多少人愁。”结果被对手抓住，指责亵渎神宗皇帝，随即遭到罢职处罚。

南宋高宗年间，代理中书舍人程敦厚任职多年，多次希望转正，权臣秦桧本已打算答应，但之后却态度逆转。史称韩世忠、张俊的几个小妾受封郡夫人，主掌诏书的程敦厚都刻意奉承，文辞“极其称美”。秦桧获悉程敦厚屡次参加将帅家酒宴，明白他们关系热络，遂大为不快，寻机报复。某日，程敦厚参加韩府家宴，酒后竟将酒器怀揣回家。秦桧听到后，立即指使御史弹劾，揭露其“丑德秽行”，随之将程某贬为知县。根据秦桧当权期间肆意迫害异类的情况来看，捏造罪名司空见惯，此事显然与猜忌结交将帅有关，或许亦属冤案，不过因喝酒惹火烧身的结局，倒是确切无误。

“酒食地狱”与“耆英会”

宋朝官场上的酒席，名目林林总总，各种朝廷正式的大宴、皇家的小型曲宴之类不说，各级衙门里这方面的活动也同样不少。这些公务聚会既是官员交际的重要方式，洋溢着传统人情社会的气息，本身也属古代政治的一部分，所以例由公帑支付。范仲淹曾说：国家设置公使钱，就是因为士大夫出入往来，有鞍马劳顿之苦，所以各地以此招待酒食，以显示“养贤之礼”。

当年，官场迎来送往，定期聚会，都少不了设宴摆酒。几杯下来，便见性见情，或引为知己，或渐行渐远，甚至成为冤家。如性格豪爽的寇准，以好饮闻名天下，身边总有许多追随者。据《梦溪笔谈》记载，寇准经常设宴待客，又每每以柘枝舞助兴，当时人遂称他为“柘枝癫”。柘枝舞是隋唐时从西域传入的健舞，白居易《柘枝妓》诗中有“连击三声画鼓催”的描写。寇准喜爱柘枝舞，大概与他的刚直性情有关。几经政界大起大落，他也未能改变本性，酒桌就成为其与同道倾诉、联络之所。北宋中叶有个名相杜衍，曾两度出任永兴军（今陕西省西安市）长官。他在第一次任期内颇为清俭，故宴请下属、宾客比较简单，也不要官妓陪侍。到再次任职时，杜衍的态度发生转变，酒席甚至搞到半夜，歌姬自然也少不了，他还乘着酒兴亲自歌舞。当地父老看到后，认为他经过历练，学会变通，可以升至高位。以后，杜衍果然先后做到了枢密使和宰相。在宋人眼里，王安石性格刚强甚至不近人情，他的这一特性在酒宴中同样有所表露。如王安石与司马光同在群牧司任判官期间，一次正逢衙署院内牡丹盛开，群牧使包拯便召集下属饮酒赏花。司马光素来不喜饮酒，但在上司的相劝下也勉强喝了几口，而王安石自始至终滴酒未沾，就连以作风强硬著称的“包公”也无可奈何。司马光事后评说道：我由此知道王安石刚直不屈。司马光在酒桌上的观察，大概也为日后与政敌王安石争斗提供了经验。宋人《萍洲可谈》还有条更有趣的记载：晏殊在枢密使任上，曾宴请欧阳修等人，当时对夏战争正激烈，欧阳修在席间遂赋诗暗讽，由此两人结为冤家。以后，晏殊曾指着人品欠佳的唐代韩愈的画像对坐客说：此人相貌很像欧阳修，哪知欧阳修不是韩愈的后裔？我重欧阳修文章，但不重其为人。欧阳修也经常对人说：晏公小词最佳，诗次之，文章又次于诗，其为人又次于文章。可谓互相攻讦，难怪当世人对此评说是“文人相轻”，岂知竟是在酒场上所引起。

不过，衙门这类活动太多，有时也成为一种负担。像寇准不仅自己好酒，还要求陪同者多喝。据说，他罢相到永兴军做长官后，在酒宴上不论官品高低，只问酒量大小，以此排出座次。有个下属经常陪酒，苦不堪言，即使生病也不能摆脱，最后下属的妻子只得当众喊冤，才得以幸免。杭州作为东南的都会，驻扎了两浙路的很多重要机构，故官员的应酬很多，其中杭州通判一职的负担就相当繁重。苏轼在杭州通判任内，本已应接不暇，又因他久负盛名，于是各处官员朝夕聚会都请他，以至令他“不胜杯酌”，疲于应接，当时人便称杭州通判为“酒食地狱”。酒食地狱一词，当然有些夸张，不过却说出了官场酒风过盛的实情。

宋代官僚士大夫年老退休后，不少人仍保持聚饮的习惯，甚至有好事者专门张罗诸老聚会。如宋太宗朝的宰相李昉卸任后，仿照唐代白居易的“九老会”，与宋琪等九位老臣聚会饮乐，一时传为佳话。宋仁宗朝，宰相杜衍赋闲后，与四位退休的耆旧有“五老会”，饮酒作诗，“吟醉相欢”。宋神宗年间，是宋朝的极盛时代，士林中的耆老聚会更为盛行。据《邵氏闻见录》记载，元丰五年（1082年），元老重臣文彦博以太尉身份出任西京留守，也就是挂名养闲，他因羡慕白乐天的“九老会”，遂发起“耆英会”，邀集定居洛阳的“公卿大夫年德高者”参加。北京留守王拱辰闻听后，写信表示愿与会。司马光年纪尚未过70，但文彦博素来推崇其为人，力邀他入会。遵照当地尚年齿不尚官爵的风俗，排列顺序为：79岁的旧相富弼，77岁的文彦博、前司封郎中席汝言，76岁的前朝议大夫王尚恭，75岁的前太常少卿赵丙、前秘书监刘几、防御使冯行己，72岁的前天章阁待制楚建中、前朝议大夫王慎言，71岁的王拱辰，70岁的前太中大夫张问、龙图阁直学士张焘，加上司马光，总共 13 人。文彦博还在寺庙“资胜院”中筑了间屋，取名“耆英堂”，命画家为各位绘像，悬挂其间。于是，文彦博作为发起人率领诸老，携歌妓乐人到富弼府邸，开始第一次聚会，接着依次进行。史称“诸老须眉皓白，衣冠甚伟”，每次聚会，都会引来众人围观。文彦博还提议发起了“同甲会”，组织同龄人聚首宴饮。之后，司马光也与几位老友举办“真率会”，并事先约定：酒不过五行，食不过五味，唯有蔬菜不限。有一位增加了酒菜数量，被认为违约，便加罚一次。

宋朝以“耆英会”为代表的退休官僚聚会，酒席上承载的更多是对往事的追忆，尤其是曾经身居高位者，在高谈阔论中大概免不了提及政治话题，过往的纵横捭阖乃至于惊心动魄，都付之一笑。因自古有尊老养贤的传统，故这类活动都得到朝野的认可，往往成为一时的佳话。有得意就有失落，一些失意的官僚相聚，不过是借酒浇愁，排遣烦恼。《能改斋漫录》记载，前面提到过的范讽以后遭贬，回到故乡济南，常与亲朋故友聚饮。某日，一位退休官员在府邸请他喝酒，范讽乘兴之余在墙壁上题诗道：“园林再到身犹健，官职全抛梦乍醒。惟有南山与君眼，相逢不改旧时青。”字里行间，透出的是失去权势后的无奈。

宋代酒桌上的故事太多，与政治相关的话题也非几段文字能说完。南宋时，商飞卿到金陵总领军马钱粮，眼看各路宴饮频繁，花费动以万计，于是提倡节俭，就此省去了不少开支。但这主要还是因为战时财政紧张的缘故，而他这样的官员也实在太少。事实上，宋朝优容官僚，对官场酒宴一贯纵容，甚至对因酒误事也时常持宽容态度，宋徽宗、宁宗及度宗之流荒淫帝王不说，像宋英宗这样的明君也是如此。《后山谈丛》称：一次，某朝官入宫后“醉饱失容”，也就是醉酒失态，受到御史弹劾。宰相韩琦要求处罚，宋英宗却表示：宁肯以其他事情问罪，也不愿因此惩处。今天，仔细品味这些往事，多少有助于加深对传统官场政治的理解，从中若能再获得些许警示，大概就更为有益了。

2018 年仲春于西北大学

本文原载于《读书》2018 年第 7 期

在底线上下的宋真宗

自古及今，凡做事都要有个底线，也就是起码的规矩，所谓“没有规矩不成方圆”。在历史上，要保持统治秩序运行，就需要一套规矩，其中的底线是朝野皆知的界限，如果突破就属于乱政。清醒的帝王大多数情况下能够把持，而平庸之主不时会踩破底线，至于昏君、暴君则往往无视底线的存在，恣意妄为。宋朝的真宗皇帝在位长达二十六年，自诩为明君，其实在大多数时间游走于底线上下，就此成为史上同类帝王的典型。

循规蹈矩

宋真宗在太宗诸子中排行第三，本与皇位无缘，只因长兄发疯被废，次兄暴病死于储君位上，才在数年后意外获得立储的机会，当时他已二十七岁。由此看来，真宗原

宋真宗

非理想的继位人选，只是太宗晚年无奈下的选择。换句话说，一直在刚愎自用的父皇阴影下成长起来的真宗，虽然自小受过正统教育，并接受了三年多的皇储培养，但所熟悉的不过是观念化、抽象化的儒家经籍知识，而缺乏残酷复杂的现实历练，这就决定了他魄力不足的性格。

咸平年间（998—1003 年），是真宗在位的初期，也大致属于其帝王轨迹的见习阶段。从有关史料记载不难发现，他因欠缺政治经验，自信明显不足，大事只能倚重辅臣做主。在此期间，最受信赖的人是东宫师傅出身的宰相李沆，前后辅政近六年时光，直到他病死任上。这便告别了此前君主专断、臣僚陪位的局面，标志着文官士大夫登上了政治舞台的中心。李沆作为已然崛起的科举士人领袖，为政的最大特点是“持重”，也就是为了确保朝政平稳发展，尽可能引导真宗树立规矩意识，远离急功近利的诱惑。据史籍反映，他曾对关系密切的同年、参知政事王旦深谈过自己的远虑：边防形势紧张固然不好，但对君臣倒有警示之效，一旦没了外部压力，恐怕人君就会渐生奢侈之心。故李沆每日都将各地的灾害、盗贼之类消息奏报真宗。王旦认为不必事事烦劳天子，李沆则告诫说：皇帝年轻，应该知晓治国的艰难，否则即便不留意声色犬马，也会热衷土木、兵甲、鬼神之类的事。日后，王旦身居相位才感叹这位前任的先见之明。

正是在李沆等人的监护与鼓励下，真宗认真履行起帝王的职守。据记载：真宗勤于政务，每日早朝都在前殿接受中书、枢密院、三司、开封府、审刑院以及上奏官员的汇报，结束后才用餐。随即又到后殿检阅禁军操练，直至午后方罢。晚上则召见侍读、侍讲学士，继续询问政事，甚至时常至深夜才就寝，表现出一副循规蹈矩的守成样子。对于日益严峻的边患，真宗同样不敢懈怠，经常听取各种奏报、议论，可谓宵衣旰食。咸平二年（999年）九月，当辽军大举南侵，宋军接连遭到惨败后，真宗还下诏出京亲征，以示与前线将士同甘共苦。所幸辽军行动的目标有限，不过满足于抢掠子女玉帛，这才让真宗虚惊一场。然而，景德元年（1004 年）爆发的一场决战，却使真宗体验到大厦将倾的感受，几乎失去了九五之尊应有的矜持。

当年秋天，辽太后与辽圣宗亲率二十万铁骑大举南进，一路攻打到黄河北岸，大有入主中原之势。面对如此危局，庙堂上出现意见分歧，多数人希望皇帝南下避祸，以新任宰相寇准为首的少数派则主张抗战，并提议亲征。失去主心骨李沆的辅佐，真宗不免六神无主，内心虽倾向南下，但又惧怕遭到非议，可以说在恐惧与道义之间犹豫不决。最终他还是顾及皇帝的形象及责任，被迫接受了亲征的建议。接下来的进程可以概括为：辽朝进攻受挫后，释放出议和的信息，真宗遂抓住机会，顾不得君王的颜面以及寇准的异议，付出高昂的经济代价与辽签订“澶渊之盟”，就此化解了北疆的敌对局面。随之，再与党项新首领李德明议和，缓和了西北的边防压力。如此一来，最为严峻、困扰的边患难题暂时化解，真宗的见习期也同时宣告结束。

转型与心迹

“澶渊之盟”后，随着外部环境的改善，内部宰辅新旧交替的完成，经过七八年磨练的宋真宗，已完全熟悉起自己的角色，并掌握了帝王术。不过，李沆曾经忧虑的情形也随之出现，真宗开始释放自我，热衷于各种相关活动，从此其帝王生涯日渐发生变化。

宋代官私史籍都一致告诉后世，原本真宗对达成的议和结果甚感满意，但王钦若却利用真宗好面子的弱点，私下献言："澶渊之盟"乃属城下之盟，春秋时小国犹以为耻；寇准将皇帝作为"孤注"，付诸冒险亲征，不过是为个人博取功名的一场赌局。这番话无疑戳到痛处，既令真宗自尊心受损，也对寇准产生怨气，就此疏远寇准，接受了王钦若的一套"天书"歪理邪说，沉溺于各种虚幻的神道活动。可见真宗的转变由宠臣王钦若一手促成，而王钦若之所以如此，又缘于他与政敌寇准的宿怨。这种记述仍不脱君子小人之争的传统认识，虽表面上有一定的史实依据，其实骨子里却在为帝王洗脱罪责。纵观真宗的前后变化，不难发现王钦若的说辞是一个节点，也成为一个契机，让真宗找到了转身的借口，可以乘机摆脱大臣的左右，在朝政上实现自己的意愿。于是，真宗来个班子大换血，将好刚使气并自恃有功的寇准打发到地方，换上温和的王旦主持朝堂，再任用善于逢迎的执政大臣王钦若、陈尧叟以及丁谓等一批官僚，营造出唯我独尊的氛围。从此，他开启了自己的转型期。

真宗的转变动机，当然不会告诉臣子们，也不会记录于史官笔下，不过其后的种种行为，却多少暴露了他的心迹所在。一方面，当李沆、毕士安先后辞世，寇准离朝之后，继任的王旦缺乏魄力，王钦若、丁谓等一批投机政客但知迎合，这就使真宗摆脱了压力，可以不受传统规则约束；另一方面，真宗在位久了，不免厌烦循规蹈矩的生活，至高无上的皇权也不再神秘，自然对日复一日扮演帝王角色逐渐失去热情。于是，他开始更关注自己的感受与身心满足，常常选择性地遗忘传统的君道守则，这正是专制时代君王常见的轨迹，所谓“靡不有初，鲜克有终”。往昔秦皇、汉武以及唐明皇等等帝王，又有哪个不是如此？作为皇帝，世间的权力与享乐早已失去魅力，但凡人生老病死的问题却无法回避，真宗与以往一众帝王无异，也期盼不仅能健康长寿，而且幻想长生不老，故道教的养生术、神仙说以及一切神奇的可能，自然最能打动他。这大致就是真宗热衷神道活动的隐秘动机。至于维护赵宋王朝神圣法理、与辽朝争夺正统性，固然亦需要造神运动相助，却只能算是最初的出发点，不可过度解读，否则就难以解释这样的运动为何持续不断并且日益泛滥。总之，真宗经历了从犹豫不决到日渐心安理得的过程，一步步越过了规矩界限。这大概属于人性弱点的暴露，无异于偷尝禁果，意欲从中寻求意外的欢愉，不过是有别于常人而已。

犯规与底线

宋真宗到底是受过严格的传统教育，熟读经史，并非不知道以往帝王荒诞行为的危害，特别是劳民伤财造成的后果。在位初期，他也一直努力遵循为君之道，避免非分之想。然而，随着他的转型，欲望终究难以遏制，并时常战胜了理性，为此甚至不惜让社稷、百姓付出代价。

值得关注的是，在最初接受“天书”策划时，真宗没有像前朝暴君那样专断推行，他还是有些犹豫，需要找理由和支持。他先寻求宰臣王旦的理解，并以重金封口，然后再向儒臣咨询理论依据。据《续资治通鉴长编》记载，某日晚间，真宗在秘阁碰到一位老儒，便问“河出图，洛出书”是否属实。老儒不明其意，便随口答道：此为先圣所造教化百姓的神道之法。这就解决了理论依据。真宗也考虑过财力负担的问题，曾就此询问掌管财政的三司使丁谓。丁谓早已参与了这场预谋，自然肯定地回答称：朝廷财计充裕有余。真宗这才心安理得，打消了顾虑，启动了“天书”降临的活动。随后，他大举东封西祀，各地官员则不断上奏祥瑞呈现，于是乎举国欢庆，喜迎“祥和盛世”到来。如果说到此为止，多少还能理解其用意——转移国人对“澶渊之盟”屈辱的注意力，但接下来的一切就纯属为一己之私考虑。在京城兴修玉清昭应宫，以便他就近感应上天；在各地大兴土木建造宫观，以祈求上苍福佑自己。犯规多了，真宗有时不免感到心虚，如筹建玉清昭应宫时，有官员劝谏，真宗担心留下骂名，就思忖找个正当理由。丁谓为他出谋划策：陛下拥天下之富，修一座供奉天帝的宫观又有何妨？况且也可借此祈祷早生皇子。当时真宗一直未得子嗣，正是一大心病，丁谓的说辞正中下怀。果然，当王旦密奏规劝时，真宗便以此相告，王旦竟哑口无言，其他朝臣也不再敢提出异议。于是，耗费资财就情有可原，算不得无道，真宗用自欺欺人的方式平复了内心深处的不安。

发生在十一世纪上半叶的这场造神运动，前后持续了十五年之久，演绎了中国历史上的一段荒诞闹剧。对这样的虚妄性，当年不仅局内人大都心知肚明，有时连真宗自己也觉得过分。如大中祥符年间的一天，某宠臣入宫晋献新造的天书法物，一时飞过十余只预先准备好的仙鹤。天书扶侍使丁谓立即上奏称仙鹤降临，“飞舞良久”。这种当面的阿谀奉承，意在表示天帝感应，不承想却漏出明显破绽。次日，真宗对丁谓说：虽然亲眼看到仙鹤，但若说仙鹤在天书上飞舞很久，妙则妙，只是恐怕不实，还是重新修改一下奏文为好。即使如此，真宗仍旧痴迷至深，直到最终死去。这就值得深究，真宗既然明了众人帮着造假，却执迷不悟，自然有其道理。缘由大概在于，他不仅通过神道享受被顶礼膜拜的满足，冥冥之间似乎还领受到天人相通的感觉，正所谓“假作真时真亦假”，幻象的不断重复常能使人陶醉。特别是到了晚年，长期纵欲的真宗已深受病痛的折磨，甚至时常神志不清，祈福的意愿就更为强烈。明知生命难以超越凡间界域，却总期待奇迹发生，这应该是他沉溺其中无法自拔的根源所在，是否劳民伤财，又是否违规，对他而言已不重要。

真宗在位期间，除了造神和劳民伤财等罪过之外，还因重用逢迎之人及其追随者，导致官场投机之风盛行，从而损害了朝政秩序。当时大批官僚的积极参与，虽各自动机及手法不尽相同，但为了引起君主的注意，以达到邀功请赏的目的，却是别无二致。王钦若、丁谓之流投机政客所为，已毋须多言，就连号称刚直的寇准也不能免俗。可以说在这个大势之下，离朝多年的寇准不甘寂寞，为了东山再起，竟无奈地采用迎合的手段，于天禧三年（1019年）指使人在终南山伪造“天书”。据说，寇准发现天书的消息传到开封城后，人多不信。有臣僚对真宗说，寇准最不信天书，如今天书降到他的辖区，若让他公开献上天书，则天下百姓必然信服。于是三个月后，遭贬多年的寇准被召入京师，重登相位。寇准此举固然可悲，成为他一生最大的污点，其实也说明彼时官场投机之风盛行，已达到令人难以抗拒的地步。此外，因真宗安于议和现状，忽视边防建设，也为以后边患的加剧埋下祸根。这一点虽然属于宋朝大多数帝王的通病，但仍不得不提及。

余话

客观地说，宋真宗的犯规行为，尚未泛滥到更多的领域。他在位期间能保持社会秩序的稳定，政策具有包容性，文教建设得以持续发展，社会经济也没有遭受大的干扰。尤其需要指出的是，真宗在用人上还没完全糊涂，虽提拔投机者满足自己的需要，却注意用正统派掌控庙堂，以防朝政失去最后的底线。正因如此，持重的王旦始终深受信任，前后任宰臣长达十二年，并且在开始的六年时间里独自为相。之后，同样属于稳健派的向敏中升任为次相，而投机取巧的王钦若等人长期被阻挡在中书之外。直到天禧元年（1017年）七月王旦病死任上以后，王钦若才有机会从枢密使转任次相。然而不到两年，真宗又将王钦若投闲置散，再度启用寇准接替其职。至天禧四年（1020年），向敏中死去，寇准被罢免，枢密使丁谓虽终于登上首相之位，但参知政事李迪、枢密使冯拯先后被委任为次相，用以牵制丁谓。不过，此时的真宗已经病重，时常昏迷不醒，即将走向生命的尽头。

在古代，帝王是天下的主宰，其一举一动关乎万众的安危，这就决定了其好恶已非纯粹个人的事情。真宗还不至于忘却一切规矩，他做事有所顾忌，尚不敢像以往历代暴君那样，以九五之尊震慑天下，为所欲为。他在维护赵宋社稷利益与个人欲望之间，一直企图寻求平衡，但最终的结果却是在摇摆中踩破了底线，就此难逃庸主必行的帝位轨迹。后世对他的批评主要集中在虚妄的造神运动上，如元代史家在修《宋史》时所总结："真宗英晤之主"，但屡造天书、祥瑞，有封禅之举，"一国君臣如病狂然，吁，可怪也"！其实因此引起的后果不止于此，其害流播亦甚远，如后世嗣君徽宗继之效仿，也就不足为怪！

2019 年岁初于西北大学

本文原载于《读书》2019 年第 6 期

寻访米芾的行踪与隐情

对于宋代书画家米芾（字元章），后世印象最深的恐怕莫过于两点：其一，艺术成就巨大，且影响深远。明初著名文臣宋濂曾评说米芾书品："如李白醉中赋诗，虽其姿态倾倒，不拘礼法，而口中所吐，皆成五色文。"诸如明朝文徵明、徐渭、董其昌与清代傅山、王文治、翁同龢等等书法大家的作品，多少都能看到米芾的踪影。现代书坛名家启功在目睹其《研山铭》后，也叹为观止。其二，性情怪异、癫狂，乃至于可爱。如米芾遇见奇石，便拜倒称兄。他还常穿戴古怪，出门遭到围观，却神情自若，腔调清亮，故世称"米癫"。米芾的这两点固已成为鲜明的身份标识，尤其是后者更为世人津津乐道，无外乎感叹其痴迷创作到了异于常人的地步，与现代西方印象画家梵高之行为离奇相类。然而，这些行踪背后的更多隐情，又有多少人能知解？

一

传统社会最讲究出身，米芾在这一点上存在明显不足，家世既寻常，本人又无科举背景，若仅凭书画天分，他终究不过在民间出名，只能靠卖艺为生。或许冥冥之中天意眷顾，米芾的母亲有缘被召入尚居藩王之位的英宗府邸，侍奉夫人，说句俗话就是在王府做老妈子，米芾遂在少年时代随母进入京城，大开了眼界。据《宋史·米芾传》记载，神宗登基后，出于对米芾母亲辛劳的酬谢，赐给米芾一个县尉的官职，他由此从一介平民挤入仕途。不过，在宋朝进士出身的士大夫眼里，他的出身实属卑微，由此做官者常被归入佞幸之列，若要想在政界出人头地并不容易。

米芾是个聪明绝顶的人，自幼苦学书画，旁及诗文，不仅弄墨成瘾，也视其为一生的追求，这就不至于茫然混迹官场，落得扬短避长的下场。从各种史籍记载可知，米芾日积月累地临摹前人名作，如他自述所称“一日不书，便觉思涩”，同时更潜心揣摩其中要义。米芾在书法上尤其受益于王羲之、献之父子的笔意，在绘画上则吸纳五代董源等人的意趣，终以特立独行的书艺与“米点山水”画风著称于世。米芾还写有《书史》《画史》《砚史》及《论书》《杂书》等等著述，又以理论见识超越前人。令人感慨的是，“棋琴书画”的技艺，在古代民间艺人身上常被称作匠气，搁在文人手里就成了修养。当米芾在书画上施展才华并达到出类拔萃的境界时，便得到士林的接纳，其书法成就竟与蔡襄、苏轼、黄庭坚三位著名的士人齐名，被后世并称“宋四家”。米芾的文字功夫看来也不同寻常，当年，宰相王安石还摘取米芾的诗句，写于自己的扇面上，就连苏东坡看到都颇为欣赏，他就此愈发出名。由此可见，生逢崇文时代的米芾，其天资、勤奋、执着、机遇与士人身份这些因素叠加在一起，造就了他一流艺术家的声誉，从而成为彼时文人雅士结交的对象。

但凡世人痴迷于某物，必欲占有，动情至深，则往往积习成癖。米芾既专情于书画，揣摩日久，自然也精通鉴赏。由鉴赏而至收藏玩赏，便成为米芾最大的癖好。米芾收入丰厚，有条件收藏，加之不遗余力甚或不择手段地搜集古董字画，遂以收藏之精闻名于世。

有关米芾收藏的趣闻，散见于宋代官私记载。据苏轼在笔记中记述：自己曾怀疑米芾收藏的前代书帖真伪参半。某日，苏轼与友人一同去米芾家拜访时，米芾展示出王羲之、献之父子及怀素等人的名帖十余幅，苏轼这才释去疑心，明白他平日拿出的赝品是应付俗人之用。（此事载于《四库全书》本《东坡志林》，现通行的中华书局点校本《东坡志林》未收。）米芾为了获得藏品，也做过梁上君子。据《清波杂志》反映，米芾曾借他人的古画临摹，因为他的画技实在高超，其摹本竟与真作难以区分。米芾于是将原作与自己的摹本一并拿给主人，主人不明就里，取回的往往是其中的赝品，他就此增添了不少藏品。由此可见，古今某些名家偷天换日的陋习，在米芾身上亦未能免俗。其实，生活上的洁癖与品行上的高洁并不一定相通，故若用高洁一词称米芾其人，就不免过矣。

据说，米芾有洁癖，有时为此又不得不放弃爱物。宋人笔记有条记载说，一位曾与米芾交往过的文臣后代提及一段往事：曾祖因与米芾私交甚好，凡有收获字画，随他挑选拿走。某日，这位文臣来访，米芾炫耀收得一方世间罕见的砚台。来者却称米芾的藏品真假难辨，不过善于吹嘘。米芾一听立即去取，来客故意索要手巾擦手，做出一副恭敬的样子。米芾得意地捧出名砚，访客一面大加赞赏，一面要求研墨测试。水还没送到，来客竟将唾沫吐在砚台里磨墨，米芾一看大惊，称此砚已被玷污，不能用了，只能送给来人。访客本意是测试主人的洁癖，不承想玩笑开过头了。

二

米芾艺术活动的巅峰是在宋徽宗时代，当年他的作品不仅在社会上名噪一时，更得到了宫廷与达官贵人的赏识，可以说其身价罕有人匹敌。这就值得玩味，因为此时正是北宋统治最腐朽、黑暗的末年，而米芾书画的影响力却能如此之大，便不能不引人深思。

作为官场中人，米芾的仕途并不得意，这大概是他最引以为憾的事。他从神宗时期入仕，又历经了哲宗、徽宗两朝，除了几任县尉、知县和小郡长吏之类的官职外，值得一提的便是书画学博士，即朝廷书画院的教官，最终的官阶不过是礼部员外郎。米芾之所以如此，原因可想而知：一方面应与其不善政务有关，既然一门心思埋头于创作天地，自然无暇顾及繁琐的衙门事务；另一方面，米芾大概也不愿放下身段应酬凡夫俗吏，势必加深了外人眼中的“癫狂”印象。这就难怪其始终徘徊于下僚之位。米芾最称职的官位，就数书画院的教职，不过这一角色归属技术官系列，通常受到政界主流的歧视，他也就无法获得满足感。米芾有时不甘心，还幻想获得重用。据蔡京之子蔡絛的《铁围山丛谈》记载，米芾曾经给宰相蔡京及其他大臣投书，诉说自己在京师与外地做官，推荐的朝官不下数十人，从无人称自己“癫”。这些书信内容传出后，被人笑称为“辩癫帖”。其实世间事从来是一得一失，高明的艺术家与娴熟的政客原本就难以一身兼容，事实上这两类品质还往往存在冲突。艺术家米芾的仕宦宿命如此，也就不足为怪。

上品书画任谁都无法拒绝，米芾因此受到了上流社会的推崇，其字画可谓一纸难求。如此一来，米芾举止癫狂倒获得世人的谅解，甚至被视为超凡脱俗的体现，在朋友眼中更显得分外可爱。苏东坡在扬州任内，曾邀集十余位名士聚会，酒过半场时，在座的米芾忽然站起来说：世人皆以我为癫，愿闻苏公评判。苏轼笑称和众人看法一致，满座听罢捧腹倾倒。宋人《避暑录话》记载，元祐年间，米芾任某地知县，老友苏轼途经此地，米芾一边设宴款待，一边拿出笔墨纸砚。于是两人一边饮酒，一边挥毫书写，直至暮色降临。曲终人散之际，他们互相交换作品，皆以为是平生少有的佳作。可见英雄相惜，米芾绝非浪得虚名。

宋徽宗酷爱丹青，米芾因此得到青睐，有幸出没于深宫。有关他与徽宗之间的故事，多见诸宋朝笔记小说。如有记载称：徽宗曾问米芾对当代书法名家的评价，他答道："蔡京不得笔，蔡卞得笔而乏逸韵，蔡襄勒字，沈辽排字，黄庭坚描字，苏轼画字。"徽宗接着问米芾自己的字如何，他说是"刷字"，亦即落笔迅疾而遒劲。言下之意，众人皆不在话下，可见米芾在书艺上极为自负。当初，徽宗听说米芾大名后，曾在宫中铺开两丈见方的绢面，再提供玛瑙砚、李廷珪（著名制墨家）墨、牙管笔、金砚匣及玉镇纸之类稀有文具，然后召他前来挥毫，徽宗则隐身帘后观赏。米芾来后提笔便写，并不时在绢上来回跳跃，"落笔如云，龙蛇飞舞"。得知皇帝在身后帘内时，他回头大呼道："奇绝，陛下！"徽宗看了大喜，当即将那些贵重的笔墨用具赏赐给他，随后宣其为书画学博士。徽宗某日游后苑，突然心血来潮唤米芾前来，要求在卷轴上书写。米芾挽袖舐笔，大书二十个字："目眩九光开，云蒸步起雷。不知天近远，亲见玉皇来。"逢迎、赞颂的文辞与精绝、酣畅的笔法相交，惹得徽宗欢心不已，当即又大加赏赐。更夸张的记载是，米芾有次上殿议事完毕，徽宗看到他手里的札子，咳嗽着令他继续留位。米芾猜到皇帝想要，却不愿放手，就故意对宦官称皇帝叫拿唾盂。他说此话的意思，听起来是皇上不必用自己的纸札接痰，言外之意则是舍不得自己的笔墨。侍从官员眼见如此，马上要予以弹劾，徽宗只得说才俊不可用常人礼法管束。又一日，徽宗与蔡京谈论书道，再召米芾在一面大屏风上题写。米芾写毕对用过的端砚爱不释手，于是捧砚跪称此物经他人濡染，不堪为君王再用，请求赏赐。徽宗听罢大笑，答应了他的要求。于是，米芾喜笑颜开地抱着端砚就走，全然不顾墨汁洒满袖袍。徽宗对蔡京说，看来米芾癫名不虚。蔡京随即附和赞叹。如此看来，米芾从宫廷获取的收益肯定不菲，仅据宋人《可书》反映，米芾某次书写御用四扇屏风后，就收到九百两白银的酬谢。单就这一笔收入而言，米芾即可在京城周边购买三四百亩良田，其他累积获利之巨，可想而知。

正所谓"上有所好，下必甚焉"。米芾深得帝王的赏识，达官贵人当然对他也趋之若鹜。当年，权势熏天的宰相蔡京一家与米芾便有交情。还是据蔡京之子蔡絛记述：

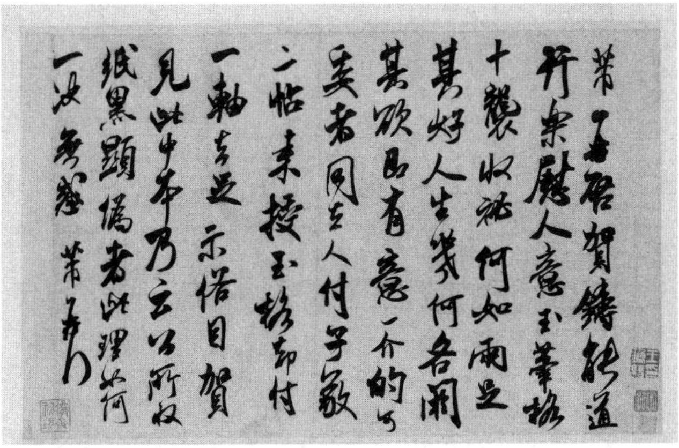

米芾的《贺铸帖》

米芾好古博雅，世人皆认为其癫狂不羁，蔡京则极为喜爱。米芾升为礼部员外郎后，因举止出格被弹劾出京，他在途中给蔡京写信诉说流落之苦，信中提到举家二十余口到运河码头，只找到一叶小舟，并在信中画出小船模样。蔡京读了忍俊不禁，笑称要将此帖收藏起来。据说，蔡京长子、宠臣蔡攸乘船途经真州（今江苏省仪征市）时，米芾前往拜访。蔡攸给他炫耀王羲之的《王略帖》，他一见大惊，顿时恳求以自己其他名帖交换，但遭到拒绝。米芾眼见与此帖失之交臂，遂说若不答应就投江而死，随之大呼着跑到船舷要跳。蔡攸无奈，只得同意出手。此事宋人《石林燕语》有过考证，《王略帖》乃米芾用一百五十贯钱所购，《谢安帖》则是从蔡攸手中所得。或许蔡絛笔误，又可能故意混淆，不过米芾能从豪门蔡府无偿索得东晋名帖倒是不假。

人性的一大弱点是易受诱惑，尤其是当诱惑释放出巨大的能量时，往往就难以抗拒。米芾在仕途碰壁后，惟有以才艺自矜，自然最在意外人对自己艺术声名的认可，因为这是对他一生付出的回报。其实名与利从来密不可分，特别是书画家的名气越大，收益也越大。至于收藏古董字画，也离不开财力的支撑。如此一来，米芾同样为名利二字所惑，而最佳的解决之道是依靠有钱有势的上层追捧。于是为了名利双收，米芾混迹于权势圈子，以至于不能自拔。在帝王、权贵面前，米芾显现的癫狂举止，多少也有装傻的意味，几同于时下的卖萌，以讨对方欢心，来博取自己所需。

理想与现实从来相距甚远，自古一代代学子受教于圣贤书中的道理，俨然以“修齐治平”为人生的目标。然而在纷繁复杂的现实生活中，有多少人为生计所困，又有多少人为富贵所惑，还有多少人为权势所迫，最终大多数人都不免走向功利，所谓“读书只为稻粱谋”。米芾与当权者交往，有不得已之处，或许还夹杂有玩世不恭的心态，亦难求全责备。

米芾在晚年写有《减字木兰花·平生真赏》一词，其全文如下：“平生真赏。纸上龙蛇三五行。富贵功名。老境谁堪宠辱惊。　　寸心谁语。只有当年袁与许。归到寥阳。玉简霞衣侍帝旁。”字里行间，五味杂陈，既有对自己才艺、荣华的炫耀，也有对人生宠辱的感叹，又流露出几许难言的无奈，实在是“寸心谁语”。不过，与近乎唐玄宗身边弄臣的大诗人李白的结局相比，米芾已经是万幸了，若再与那些籍籍无名的民间书画家的归宿相较，米芾更应该知足，因为他已留名千古。

本文原载于《文汇报》2019年6月14日《文汇学人》第8、9版

郑思肖与墨兰

“梅、兰、竹、菊”素有“四君子”之称，士人借此比拟高洁、孤傲的品格。此外又有不畏严寒的松树，也常被归于同类，与梅、竹合称“岁寒三友”。不过，古人还认为竹有节无花，梅有花无叶，松有叶无香，唯兰有叶有花且有馨香。故生长于深山的幽兰最为士人看重，成了远离喧嚣而且“雅洁”的代名词。相传孔子作《幽兰操》，屈原有《离骚》，陶渊明有《幽兰》，韩愈则仿孔子赋有《猗兰操》，类似的作品还有很多。这些诗文都是对幽兰高洁形象的人格化赞颂，意在表露对节操的珍视与坚守。

宋代以降，抒发个人感触的文人画大兴，而以墨写兰又往往为士人所重。其实，“墨兰”作为独立的绘画主题也定型于宋代。宋末元初郑思肖的《墨兰图》，即是其中的一幅代表作。这幅影响深远的画及其作者，可称得上是一个传奇，因为背后的故事实在不同寻常。

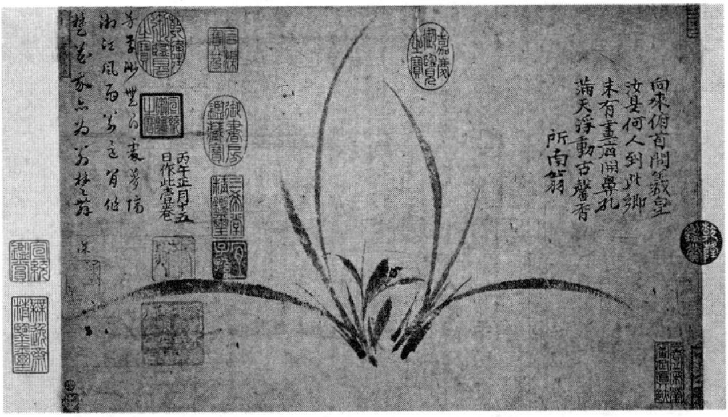

郑思肖《墨兰图》（日本大阪市立美术馆藏）

一

郑思肖（1241—1318），字忆翁，号所南，福建连江人，生活于宋元之际。郑思肖在《宋史》中无传，当世的直接记载也不多，故只能借助遗存文字及后世记载了解其生平梗概。据乾隆《福州府志》载：“宋亡，乃改今名‘思肖’，即思赵，‘忆翁’与‘所南’皆寓意也。”由此可知，他在亡国后改名，为避嫌而取“趙”中的“肖”部分，表达思念赵宋的意思，原名遂不用而湮没。此外，同书还记载他终身不娶，“孑然一身”，念念不忘旧主。每遇祭祀之日，他都到郊野向南哭拜，听闻塞北官腔，必掩耳而去。其室匾额书写的“本穴世界”，亦运用到拆字法，意为“大宋世界”。郑思肖性情孤僻，举止离奇，人们已见怪不怪。

从这段记载不难发现，郑思肖是一位典型的南宋遗民，在遭遇灭国之痛后，仍难舍对故国的思念，保持气节，不屈从于当世。

在此要对遗民略加说明。所谓“遗民”，主要指改朝换代后不追随新朝的那些人。早期历史上有名者如商朝末年的伯夷、叔齐，在周武王克殷之后，拒绝臣服，隐居于首阳山，采薇而食，最终饿死，留下“不食周粟”的典故。以后类似的人与事不绝于史，其中不乏有名的人物，如明朝遗民黄宗羲、顾炎武、王夫之以及谈迁等大学者，其行迹大致如此。这些遗民坚守气节实属不易，因为要牺牲现实的利益甚至牺牲生存的基本条件，故而他们不仅赢得后世的敬重，甚至还能获得当朝的某种宽容。之所以如此，是因为自古当政者便宣扬忠君报国，正统文化也长期倡导忠孝节义，由此形成的纲常伦理已超越了社稷更替的冲击。在这一传统之下，忠臣自当不事二主，贰臣理应受到鄙夷，效忠朝廷即为大节大义，这些是朝野皆知的道理。然而每当王朝鼎革之际，忠孝节义与个人利害通常对立，大多数官宦、士大夫都会“识时务”，选择归顺新朝，其中不乏卖身求荣者。不过，总有一些人认死理，尤其在宋代似乎更多。即使做不到像文天祥、陆秀夫那样视死如归，起码可以保持忠贞气节，成为不忘故国的遗民。正如元代史家修《宋史》时所感叹：“中外搢绅知以名节相高，廉耻相尚”，“及宋之亡，忠节相望，班班可书”。

郑思肖甘愿做遗民，与其成长背景有关。历经宋朝持续不断的整顿、教化，加上理学家们的竭力提倡，三纲五常的观念已被提升到天理的高度，从而获得前所未有的影响力。北宋大儒程颐甚至提出“饿死事极小，失节事极大”，南宋读书人大概无人不晓。郑思肖正是出生于一个传统的士人家庭，祖上曾几代为官，其中出名的是高叔祖郑鉴。郑鉴在宋孝宗朝以太学上舍优等生入仕，历任国子正、著作郎兼国史院编修及知台州等，并获馆阁之职。值得一提的是，他还是当朝名相陈俊卿的女婿。从有关记载可知，郑鉴素以天下为己任，以直言敢谏闻名，可惜英年意外故去。郑思肖对这位先人极为敬仰，在其《书先君跋先著作叔翁行述后》中赞颂道：“忠荩极谏，斥骂奸邪，不顾一身，唯为天下虑。”郑思肖的祖父亦曾为官，到郑思肖的父亲时，才转向学术道路。

郑思肖之父郑起，原名郑震，母亲出身四明（今浙江宁波）望族，是执政大臣楼钥的堂妹。郑起生活于宋理宗朝，此时已渐入南宋晚期，权臣先后当道，朝政萎靡，国力衰微。但郑起为人重气节，忧国忧民，在太学读书期间曾因与诸生“伏阙言奸相史嵩之”，被取消入仕的资格。淳祐七年（1247 年），郑起又因抨击试图复相的郑清之误国，被举家逮捕下狱，就连年方七岁的郑思肖也未能幸免。好在迫于舆论压力，次日官府便予释放。如此一来，郑起不见容于官场，遂专注理学，晚年曾出任著名的苏州和靖书院山长。山长乃书院之首，通常由知名大儒执掌，可知郑起在学术与名望上俱足以服众。清人吴之振、吕留良等编《宋诗钞》、李清馥编《闽中理学渊源考》等书对他都极为称赞：虽不见用于世，但“所言皆正大，所守甚清苦”。父亲郑起的言行与节操，无疑对郑思肖的成长产生了重大影响，大概童年那次短暂的入狱也给他留下了刻骨铭心的记忆。

那时尽管时局艰难、世风日下，郑思肖仍满怀修齐治平的理想，希望有机会施展抱负，故凭借自己的努力进入太学上舍学习，准备应考博学宏词科。景定三年（1262年），郑思肖二十二岁时父亲病逝，他痛不欲生，母亲楼氏训诫道：“唯学父为法……汝不行汝父之言，汝不如死！”于是，当元兵大举南下时，郑思肖毅然叩击宫门，呈递《上太皇太后幼主疏》，言辞激烈，直指时弊，时已惊慌失措的当政者既无力弹压，也无暇顾及。当年，发生过多起太学生叩阍言事的行动，虽都属“天下兴亡，匹夫有责”之举，遗憾的是国之将倾，其言晚矣。及至宋朝覆亡，郑思肖的一切希望都随之破灭，只得偕母流寓苏州。当他归隐乡野之时，其母选择了寄居宝林尼庵，他取号“所南”，其母则号“普西”，意思相类，意在背对北面的京师。史称：“皆取不北向也。”（乾隆《鄞县志》）

由上可见，郑氏一门是典型的宋朝士人之家，特别是郑起的铮铮傲骨更为其子树立了榜样，正如郑思肖后来所言："我父刚方纯正，行三纲五常之道者也。万不肖其一二，乌取其为人子？"（《久久书后九跋·三》）这就决定了在国破之后，郑思肖选择成为遗民，甚至自甘家亡。此外，儒士在元代社会中地位低下，在十等职业划分中甚至不如娼妓，世称"九儒十丐"，让郑思肖更加无法认同元朝，宁可如避世幽兰般存活于世。

二

要了解郑思肖完整的生活与创作轨迹，就不能不继续追寻其入元之后的行踪。作为遁世的南宋遗民，郑思肖既不愿向外人袒露内心，他的逆时言语也无法公开，因此当世人仅晓得他善于画兰，对其他方面则知之甚少。所幸他生前将所著的《心史》蜡封藏于苏州承天寺枯井中，三百多年后的崇祯十一年（1638 年）被寺僧意外发现，他的所思所想才大白于天下。

《心史》是郑思肖在晚宋至元初所写的作品汇编，分七卷，收录了二百五十首诗及多篇杂书。此书主要内容为对故国的深情、对元朝暴行的揭露以及对忠义英烈的赞颂，可谓满篇遗民泪，字字都泣血。当年这部书的问世，曾轰动一时，因为崇祯末年明朝行将国破，书中激愤的文字打动了无数的慷慨义士。而令人惊奇的是出现的时机如此巧合，岂非天意？因此清代也有学者疑其为伪书，认为是明末人假托郑思肖之名所写，意在激发世人救亡斗志。20世纪50年代，陈寅恪先生先有诗云：“孙盛阳秋海外传，所南心史井中全。文章存佚关兴废，怀古伤今涕泗涟。”（《广州赠别蒋秉南》之二）随之，他又对《心史》出自井中之事有过存疑。不过，经当代学者考辨，这一悬疑大致定案，确定为郑思肖遗著。以今人的眼光来看，郑思肖诗文还有补史的意义，有类似于杜甫诗史的价值，其名“心史”，本意或与此有关。

《心史》中的一系列序、跋，是对每篇诗文写作背景的说明，由此可以管窥作者跌宕起伏的心路历程，也能从中理解其绘画的特点。在《心史·中兴集》后序中，郑思肖诉说亡国后曾万念俱灰，打算“绝笔砚、文史，谋入山林，蜕去姓字，甘与草木同朽尽”，后来选择了另一种方式生存并抗争，即以文载道。于是，就有了倾注心血的大量言志诗文。而潜心著述之余，郑思肖的笔端又投向画纸。要说写字绘画，本属古代文人的传统修养，书法与绘画同源，同样的毛笔，蘸墨后既能写字也可作画，只是笔法及用墨浓淡有别。事实上，文人画充分体现了两者的交融，不求形似，不重着色，而在笔意，像苏轼传世的《木石图》，其风格便是如此。至于诗文，与绘画亦有相通之处，如北宋名士孔武仲所言：“文者无形之画，画者有形之文，二者异迹而同趣。”张舜民则称：“诗是无形画，画是有形诗。”郑思肖恰是个中高手，因此在避祸无法直言的情况下，作画就成为表达心迹的另一种方式，借助构图寓意，可隐晦地表达思想，就此留下旷世奇作。

就有限的记载可知，郑思肖画兰成癖，可称有浓厚的幽兰情结。他传世的《墨兰图》，不过是大量同类作品中的一件而已。据明朝《宋遗民录》反映，郑思肖对自己的画作非常自矜，常在画成后即毁之。每遇有人求画，都不轻易允诺，尤其是官宦索画，更是不肯答应。倒是寻常百姓甚至是孩子，若能领会画中之意，他反而欣然相送。正如他在《墨兰图》上所说："求则不得，不求或与，老眼空阔，清风万古。"他还在另一幅菊图上题道："花开不并百花丛，独立疏篱趣未穷。宁可枝头抱香死，何曾吹堕北风中。"当地一位官员听闻郑思肖精于墨兰而不轻易许人，也获悉其有田产三十亩，就以田赋和徭役胁迫，郑思肖愤而答道："头可得，而兰不可得。"碰到这样狷狂的老书生，官员也只得作罢。

在中国绘画史上，墨兰独立成画，文字记载始见于苏轼的《题杨次公春兰》："丹青写真色，欲补《离骚》传。"可惜此图不传。现存古画中的墨兰始见于郑思肖与赵孟坚，李渔在《芥子园画传·兰谱》中即说："画墨兰自郑所南、赵彝斋（赵孟坚号彝斋，元代著名画家赵孟頫堂兄，入元后隐居不仕）、管仲姬（管道升字仲姬，赵孟頫夫人）后，相继而起者，代不乏人。"比较而言，郑思肖所绘墨兰，用笔极简，疏花简叶，兰叶短促有力，而花仅一朵，画面空灵别致。郑思肖又下笔果断，用短笔直写春兰初发之意，点到即止，显示了极深的功力，因此不便于临习。而赵孟坚用笔较多，兰叶绵长柔韧，描绘的是蕙兰盛放之形，斜笔亦可补救，相对易于临摹。《芥子园画传》中仅有《拟郑所南笔意》一图，但与郑思肖传世的墨兰差异甚大，可知模仿不易。郑思肖画的墨兰无土，这又是一个特点。据《宋遗民录》称："不画土，人询之，则曰：'一片中国地，为夷狄所得，吾忍画耶?'"表明"根不著土"的墨兰不仅别出心裁，更有其中的深意。还要说明的是，古人往往引入字法作画，郑思肖《墨兰图》的兰叶形态，所用的构思正是早期篆籀的"心"字。故与其说"画兰"，不若说是"写心"，这就难免有些费解，倒像是一个哑谜。元代同居苏州的韩奕应该看过郑思肖画的墨兰，曾写《郑所南画兰》诗，其中有"洒泪写《离骚》，咄咄如书空。疏花缀简叶，孤生不成丛。翛然数笔间，遗恨自无穷"之句，可谓知心之见，也可见其画之可贵。

讽刺的是，宋宗室赵孟頫归降元朝后获得高官厚禄，并以书画才艺名重一时。赵孟頫也善写兰，其画长叶多花，与郑思肖的笔法迥异。两人似曾相识，但郑思肖耻其丧失气节，遂与之绝交。《姑苏志》记载，赵孟頫曾数度前来拜访，郑思肖都拒不相见，赵孟頫只得叹息而去。可以想象，在郑思肖看来，幽兰代表着高洁，作为宋朝宗室的赵孟頫竟背弃祖宗，是无资格画兰，他的柔顺长叶与多花之作也形同谄媚，自当遭到鄙视。

三

郑思肖虽孤寂一生，后世还是有不少知音，特别是那些孤傲的大画家。在这些画家中既有身世相仿的遗民，也有精神相契的士人，他们惺惺相惜，声气相求。

受到郑思肖画风影响的后世画家中，以明代的朱耷、清代的郑燮最为有名。明清之际的朱耷原为明朝宗室，号“八大山人”“个山”等，明亡后隐于山野，后出入僧道。他的遗民身份及其心迹与郑思肖相似，想必也谙熟郑思肖的诗文与画作，故在创作上最易继承郑思肖的风格。朱耷绘画题材较广，令人印象深刻的莫过于一些举止怪异的禽鸟，孤零零地伫立在画面中，以白眼示人，喻为对浊世的不屑。这种意境显然受到郑思肖诗句的启发，譬如：“对人有口不肯开，面仰虚空双眼白。”（《陷虏歌》）“白眼世无偶，青天路可阶。”（《即事八首》）朱耷自号的“八大山人”，今人皆知竖着连笔写，恰似“哭之笑之”，其构思也或与郑诗有关：“独笑或独哭，从人唤作颠。”（《遣兴二首》其一）

祖籍苏州的清代画家郑燮对郑思肖极为崇敬，明知其无后，却专为自己治“所南翁后”印章一方，也就是视郑思肖为祖先，以示传其血脉。现山西襄汾县博物馆所藏郑板桥的书法石碣上，镌有“布衣暖，菜根香，诗书滋味长”，原句出自郑思肖的《隐居谣》：“布衣暖，菜羹香，诗书滋味长。”仅改动一字。郑板桥也是画兰竹的高手，却对郑思肖的墨兰佩服有加，曾在《兰竹石图》题记中说“平生爱所南先生及陈古白（明代画家陈元素，字古白）画兰竹”云云，在另一幅画中则题曰：“郑所南、陈古白两先生善画兰竹，燮未尝学之。徐文长、高且园两先生不甚画兰竹，而燮时时学之弗辍，盖师其意不在迹象间也。”这表明郑板桥对郑思肖、陈元素两位前辈看得极高，自谦不敢模仿。就此而言，郑思肖对宋代以后画坛野逸一派产生了不小的影响。

令人颇感意外的是，现今在台北“故宫博物院”藏有一方郑思肖的长方形抄手砚，砚壁侧刻“所南文房”隶书四字，下刻“郑思肖印”篆书四字，又有乾隆戊戌年（1778 年）落款御题诗句：“坐惟南向此龙宾，介石千秋尚有神。博学宏词世恒有，罣然叩阙上书人。”清朝乾隆皇帝对郑思肖的为人、气节表达了敬意，似乎也在以隔世知音自许。

现存日本大阪市立美术馆的郑思肖《墨兰图》，该图右上角自题：“向来俯首问羲皇，汝是何人到此乡？未有画前开鼻孔，满天浮动古馨香。所南翁。”画面幽兰左有落款“丙午正月十五日作此一卷”，丙午为元成宗大德十年（1306 年）。年款下钤有两枚印章，一为阳文“所南翁”，

郑思肖文房抄手砚砚铭拓片（原物藏台北“故宫博物院”）

一为阴文“求则不得，不求或与。老眼空阔，清风万古”。可知郑思肖作此画时已六十六岁。图左上角有元代苏州人陈深草书所题六言诗：“芳香渺无寻处，梦隔湘江风雨，翁是闲作楚花，我亦为翁楚舞。”右下角有清初藏家宋荦的藏印“商丘宋荦审定真迹”。此画后入清宫，有乾隆、嘉庆、宣统鉴藏图章。据杨仁恺《国宝沉浮录》揭露，此图由溥仪从宫中偷出后卖给日本人，遂流入东瀛，至今未归。

郑思肖的画作传世绝少，现存日本的《墨兰图》是罕见的真迹，据说另有一幅被美国某艺术馆收藏。其实，当年郑思肖为生计也卖过画，应当有一些流传。不过，因他构图疏简、画意晦涩，未必讨好，恐怕没有被当时人珍惜，如他在《十七砺》诗中所叹："我有真黄金，只作土价卖。陪笑遍示人，竟无一人买。日暮哭归来，反为众所怪。安得明眼人，与之语痛快！"以后在传世过程中，识者亦不多，故备遭毁弃，唯有行家方视为宝物。据明代陈汝锜的《甘露园短书》记载，金陵有人收藏郑思肖画的墨兰，对画中作者"所南"二字不解，以为姓所名南，遂对路过的陈汝锜询问道：汉代有所忠，所南难道是其后裔？陈汝锜为其详尽解说始末，主人才如获千金。但有鉴识力的人毕竟不多，"肉眼人无识如此，真堪呕血"。

元朝延祐五年（1318年），风烛残年的郑思肖在孤寂中死去，犹如幽兰枯萎入土。郑思肖没有家人，大概故乡的亲属也早已与他不通音讯，惟有个把友人相送。他的辞世带走了一个遗民的爱恨，也带走了一支墨兰绝笔，但他在中国文化史上留下印记，令人难以忘怀。

（本文与学生张辉合写）

2019年8月于西北大学

本文原载于《读书》2020年第1期

第四辑　序、记及书评

《宋史论稿》自序

说起来，我对历史兴趣的种子，大致栽种于中学时代。当时，“文革”的高潮有所消退，学校里开始教一些课本上的东西。我所在的学校，是西安一所著名工科大学的附属中学，这所学校有着重视理科的传统，学生及家长大都将注意力放在数理化上，而我的班主任又是一位极为严厉的数学老师。但种种因素却使我进入中学不久，便厌烦、抵触起班主任的课来。正应了一句老话，“失之东隅，收之桑榆”，我的兴趣遂投向文科的几门课，特别是历史和地理，更深深地吸引了我。

不过，在那样的“红色”年代里，课堂里所能提供的知识还是非常有限，好在学生们都有着大量的闲暇时间。于是，大伙开始私下里互相传借起一些不知从哪儿翻出来的旧书。小说当然是众人的最爱，尤其是《三国演义》《水浒传》之类古代小说令我十分入迷，但很快就差不多读完了。接着便将注意力转向其他各种书，只要有点意思，也都可拿来填充“饥饿”的头脑。实在无书可读时，我就翻看起家里的《毛选》及马恩的经典著作，正文读不进去时，就看注文。那些有关历史典故、人物、事件的解释注文，也使我兴趣盎然。我至今保留爱翻看地图册的习惯，也是从那时开始养成的。中学岁月，我快乐的时光大多是在书籍里度过的，每每埋头于有趣的书中，便觉得自在无穷，暂时忘却了外间诸多烦恼，心灵获得了一时的安宁。我的一点史地知识和兴趣，也因此形成。

1977 年恢复高考后，我恰巧中学应届毕业，遂有幸得以报考。填报专业志愿时，我很自然地就选择了历史。凭着那点读书所得，我考上了陕西师范大学历史系，跻身“文革”后第一批大学生行列。1984 年，我又有幸师从著名史学家漆侠先生读宋史方向的研究生。漆先生教授弟子，真正是言传身教，特别是先生高屋建瓴的眼光和以治史为乐的精神，使我受益匪浅，从此我才摸到了史学研究的门径。三年间，流连古籍旧章内外，试图管窥湮灭已久的过往世界；畅游现人著述的波涛之间，尽力揣摩其中的微言大义。在此期间，我也初步领略到“吾生也有涯，而知也无涯”之理。1987 年，我分配到西北大学历史系（后更名文博学院）任教。若干年后，我再度在职回到漆先生身边，攻读博士学位。令我万分伤痛的是，答辩前半年，先生竟因医疗事故意外仙逝。我既为此愤慨，同时又强烈地感受到生命的脆弱、无常。

多年来，我虽读了一些书，也从未停下笔触，在大学里还长期承担本科及研究生的诸多课程，编写过中国通史的教材。但自知能力有限，主要立足于宋史领域，间或延伸到前后，出版了几部著作，发表了多篇文章，偶有所得。

我所执教的西北大学，历史专业长期是传统优势学科，名家学者辈出，在海内外都有一定的影响。近年学校又加大了对历史学科建设的支持力度，鼓励学术著作出版。我有幸忝位受资助之列，遂翻检旧文，拼凑成集。本文集收录了已发表过的大部分文章，也是我这些年来主要的心得，多集中在中国古代漕运与宋代历史问题（特别是宋代武将专题）上。惭愧的是，虽有稍满意之作，甚或得到学者的好评，但质量平平的文章还是不少，连自己都不满意。好在有了这次结集出版的机会，可以请学界师友和读者批评指正，俾我在学问上继续提高。另则也企盼对相关问题的研究，产生一点推动作用。

本文集所收拙作共三十篇，其中有关宋史者居多，另有几篇探讨了前后朝代的一些问题，还有两篇为书评性文章，故取名《宋史论稿》。还需说明的是，这些文章系前后十多年所作，发表于不同时间的多种期刊之上，体例难免不一。现除了将注文全改为当页脚注，对个别错误加以订正，并恢复了被删节的少量文字外，其余一仍原貌。

最后，衷心感谢西北大学“211 工程”经费对本文集的支持。在拙作即将付梓之际，我大学时的老师、著名古

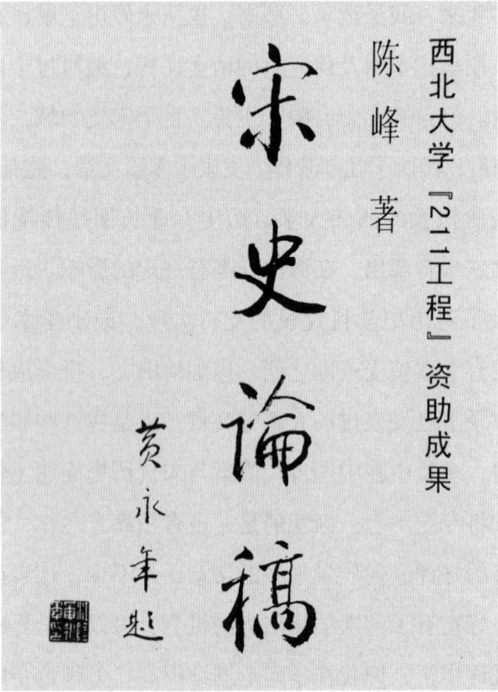

黄永年先生为《宋史论稿》书名题签

籍文献与唐史专家黄永年先生题写了书名，特此深表感谢。我院教师（也是我以前的学生）张明博士，我的研究生程圩、刘缙、周荣、华春勇和王路平等同学帮我校对了书稿，陕西人民出版社编辑张田德先生为本书的出版付出了很多辛劳，在此也一并致谢。

2004 年 10 月于西安

《生逢宋代》第一版自序

在中国历代王朝中，宋朝可以说相当独特。一方面，从传统武功的角度看，它可归类弱世一代。北宋时期，北有庞大的辽朝，西有强悍的西夏，宋廷在边防战争中落败不少，还被迫签订议和条款。而割据西南的小国大理，政权也能长期并存不废。至靖康之难，宋家父子两代皇帝被俘客死异乡。南宋蒙受更长时间的巨大军事威胁，惟偏安一隅，最终不免亡于元军之手。今天昆明滇池边的大观楼内，有清人孙髯翁的天下第一长联“汉习楼船，唐标铁柱，宋挥玉斧，元跨革囊”之句，可谓绝妙的排比，既对历史上云南与中央王朝的关系作了精辟的概括，又生动地点出了汉唐宋元几代的不同特点。“玉斧”一词用得确实高明，因为它代表了高雅与富贵，玩物的意义大于武器的用途，正与汉代之楼船、唐代之铁柱和元代之革囊的纯粹冷酷装备，形成鲜明的对照，真是再形象不过了。凡此种种，都使许多读史的人感叹宋朝之“窝囊”。

但另一方面，两宋社会经济、思想文化及科技之发达，在中国历史上又是空前的，其典章文物、制度建设以及社会风尚等诸多方面，更在中国古代产生了具有深刻意义的巨大影响。还有如《清明上河图》展现的丰富多姿的画面，散发出浓烈的市场生活气息，确已标志着中国社会告别了森严的中古时代。近代思想家严复说：“若研究人心、政俗之变，则赵宋一代历史最宜究心。中国所以成为今日现象者，为善为恶，姑不具论，而为宋人之所造就什八九，可断言也。”著名史学家陈寅恪则指出：“华夏民族之文化，历数千载之演进，造极于赵宋之世。”英国著名科技史专家李约瑟称颂宋朝道：“谈到11世纪，我们犹如来到最伟大的时期。”西方史学家汤因比甚至扬言：“如果让我选择，我愿意活在中国的宋朝。”而日本史学家宫崎市定也认定：“宋代是中国历史上最具魅力的时代。” 诸如此类，又使治史者无不惊叹宋朝之繁盛。

正是在这样矛盾复杂的历史场景下，由“杯酒释兵权”拉开序幕，宋朝政坛间随之上演了一幕幕文臣武将的表演，或精彩纷呈，或沉闷落寞，或妙趣横生，或悲喜交集，既有华彩乐章唤起的拍案喝彩，也有委婉哀鸣引来的黯然神伤，当然也少不了愤懑之下扼腕的喟叹。诸如开国元勋赵普的“半部论语治天下”、悍将张琼强横的代价、状元吕蒙正的一时风光、猛将郭进的跌宕命运、文豪柳开的蜚语缠身、宰臣吕端的“大事不糊涂”、名臣寇准的大

《生逢宋代》第一版书影

起大落、奸相丁谓的投机钻营、文士“二宋”的瑜亮情结、重臣吕夷简的老辣权术、名将狄青的英雄末路、儒将张亢的壮志难酬、边臣王韶的拓疆西陲以及蓝田吕氏的家族影响等等，真个是彼此生涯命运不同，荣枯起伏迥异，又都不过是宋代士林将坛风云的缩影，也无不昭示着宋朝的时代变迁轨迹。

中国自古就有传记叙述的传统，其中太史公司马迁更是堪称一绝。《史记》为后世留下了以项羽、刘邦为首的一批秦汉时代风云人物的事迹，个个鲜活无比，被誉为“史家之绝唱，无韵之《离骚》”；刘义庆的《世说新语》，则以散淡的笔触勾勒出魏晋人物的佚闻逸事，也同样生动有趣，令人读后产生不尽的遐想，甚或大发思古之幽情。与秦汉、魏晋相比，宋代的传世文献典籍极为丰富，正史、野史、文集、笔记小说、方志以及石刻的碑志之类，不可胜数，这便为后人了解宋朝人物及其时代背景提供了较为充分的依据。笔者不揣浅陋，于读史治史之余，颇有追慕太史公之所为，遂选取宋代若干代表性的文臣武将，落笔成文，再汇集成册，是为《生逢宋代——北宋士林将坛说》。需要说明的是，为阅读方便的考虑，本书将所有引文注释省去。如此一来，固有别于通行的学术论著，不过内容材料皆取自各种史料记载，不敢妄加杜撰。诚恳希望读者批评指正！

2011 年冬于西北大学

《生逢宋代》再版跋语

本书第一版问世于 2013 年 5 月，距今不过两年半左右，却已超出当初的期望，给我带来了许多喜悦。因为它一直受到读者的关注，而这是我以往几本专著所从未有过的“待遇”。

记得本书刚出版之际，责编曾诚先生电话告诉我，现在对书籍的评价，要留意网络上的反响，因为这更真实，也更快捷。于是，我开始在网上搜索，知道有“豆瓣读书”以及其他读书网络平台的存在，也看到读者对本书越来越多的点评。两年多来，我几乎读遍网上的评语，实话说，读者范围广泛、层次高低不同，有大段议论，更多的是三言两语，其中肯定的话倒是居多，令我欣喜，颇有知遇的感觉。如新浪微博里题为《斯文在兹》的读后感中有一段话写道：“这本书的语言非常流畅，但内容比较深，虽然作者顾及普通读者的水平，厚道地略去了所有注释，并且

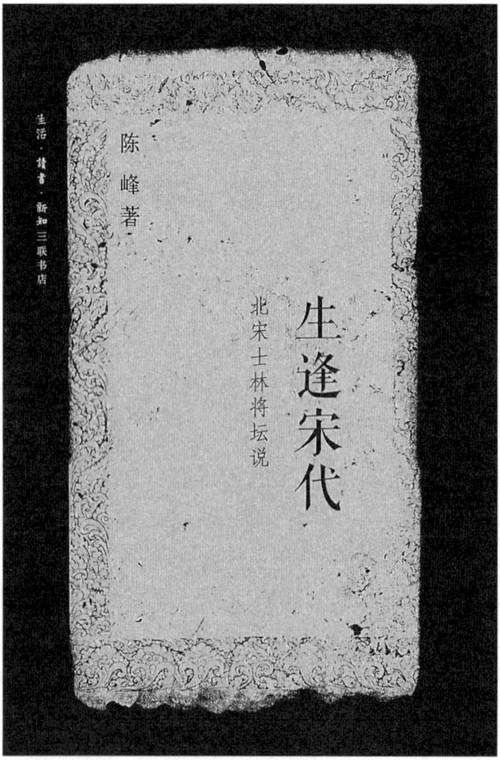

《生逢宋代》再版书影

将用到的绝大部分史料都改写成白话，但这些技术性处理并不能从根本上降低这本书的理解难度。所以虽然它长得像历史散文，但阅读十分不轻松。我读这本书会拖这么久，部分的原因是我实在太欠缺古代史基础，以至于我每读一篇都需要歇两天来消化。”（新浪微博 2013-10-04，作者：莲叶何田田）我猜想，这位大概是专业外的读者。还有读者评说：“历来正史难述，野史难证，如无繁复的历史爬梳难据其实；而情事虚实，言辞文质，若无超迈的时代视野也难尽其详；其间人情世故，事态人心，若缺丰厚的人文修养更是难评其正。书中将正史逸闻梳理互参，提炼为文约事丰又快意真切的历史散文，实在难得。”（豆瓣读书 2013-08-04，作者：半耕）估计这位可能是专业圈内的读者。诸如此类厚爱的文字，不啻为最好的理解与奖励。当然，本书也遭遇多次差评，其中个别隔靴搔痒的话，可以不必在意，而尖锐指出问题的评语，则引起我的惊讶。如书中谈及宋太祖兄弟时，只写出了四位，而将早逝的幼弟漏掉，一位认真的读者就指出这一疏忽（抱歉，已查不到作者出处，谨在此致谢）。的确，书中存在错讹之处，有的属于粗心所致，也有不能顾及的方面，是有意或无意侧重所引起，被读者发现，既足以说明此书被细心读过，亦反映读者的素养不容小觑，这也同样令我感动。写出的书若没人留心看，那才是可悲的事。

本书出版后，除了引起网上读者的注意外，也得到其

作者与三联书店责编曾诚在乾陵留影

他方面的反响及肯定，特别是在《中华读书报》2013 年 12 月 25 日“年终特刊”的“2013 读书印象记”中，李红岩先生“越来越深细化的历史人物类图书”一文，推荐了当年四本历史读物，本书有幸忝列其中并被首先介绍。新浪网“历史好书榜”2013 年 5 月的榜单，评出 10 本好书，本书亦位列第 3 名。2015 年，本书还获得第七届中国“高等学校科学研究优秀成果奖（人文社会科学）”普及成果奖。此外，香港中和出版有限公司购买了本书的版权，以《书与剑——北宋文臣武将列传》的书名，用繁体中文版在海外出版发行。来自这些方面的评价，则对本书给予了专业性肯定。

依照常识，表演是否精彩，要看能留住多少观众，著书立说又何尝不是如此？若写出的书无人问津，或仅有几个人喝彩，实在难言满足与成就。这本小书带给我最大的收获，便是多少得到读者的认同和欢迎，也给予我以后继续从事这方面写作的动力。遗憾的是，由于暂时无力增加新的内容，这次再版仅对书中的错误予以修订，希望读者原谅。

在此要衷心感谢每位读者的关心和鼓励，正因为有你们的关注，才使本书有机会再版。同时，要特别感谢我的老友、华中师范大学历史文化学院赵国华教授指出的几处讹误，让我可以弥补缺憾。还要再次对多年支持我的校内外同事、朋友、学生，一并表示谢忱。最后，对生活·读书·新知三联书店再版本书，深表谢意。

2016 年岁初于西北大学

《文治之路》（印象·中国历史　宋朝卷）后记

2014 年的春天，我有事在京一段时间，清华大学的老友仲伟民先生来看我，谈到与人民教育出版社共同策划一套有关中国历史的书，取名“印象 · 中国历史”，希望我承担其中宋朝的部分。随后，他又与人民教育出版社的许斌先生一同来叙谈，我被两位的热诚所打动，就此应承下本书的任务。

原本想得简单，以为从“印象”角度可以信马由缰地写，大概一年内就能完成。不承想，动手之后却发现多年的专业习惯已根深蒂固，凡涉及的人与事都需逐一核实史料，加上对篇章的构思几经调整，结果竟延宕了两年多的时间，才总算脱稿并交出版社。之后因诸多缘故，直至近日方大致编校完成。

本书想要表达的中心意思是：宋朝文臣治国的主要特点及其表现，以及由此反映出的时代特征。说起来，我对

《文治之路》封面设计图

此已有多年的思考，尤其是对处于黄金时代的书生的行为举止，一直充满探究的兴趣，其施政得失固然要加以钩沉，受此影响形成的文治模式与社会风尚需要梳理，而当年发生的各种故事也饶有趣味，这又是学术论著往往关注不到的方面。于是，从宋初的制度设计与政治遗产说起，随之就其所形成的政治格局及其背后的动因展开分析，包括宋朝文臣武将在统治集团构成中地位的演变及其影响，宋代帝王的一般行为特点与反常现象，宋朝官场“游戏规则”下士大夫的仕宦追求与表现，宋代政界的主流婚姻观、情趣喜好与交际活动等。其中既涉及制度、政策的层面，更牵扯到大量人物的活动，惟其如此，方能将历史的丰富生动性展现出来，也才能引起读者的兴趣。最后，从当年发达的运河交通线掠过，通过展现京城和沿线典型都市的风貌，将宋代城市空前繁盛的景象及特点予以揭示。由此进而追踪到宋朝实用主义包容政治的影响，为解读宋代《清明上河图》画卷提供了背景依据。不过，拙稿是否达到了预期的设想，还期待着读者的评判。

在此，首先感谢学界已取得的各项研究成果，为拙稿提供了雄厚的基础，因学者众多，恕不一一道出大名。同时，要对仲伟民先生的指点、许斌先生以及责编的辛劳工作，表达谢意。没有他们的督促，我恐怕至今仍无法专心于此，自然也就不能完成书稿的写作。我还要感谢我的博士生刘冲、硕士生马巍和姚媛媛同学，他们对本书的很多文献资料进行了核对，特别是刘冲在毕业之际为此耗费了许多精力，才使我能够安心交稿。另外，感谢我的博士生张辉提供了许多古代图片，既为本书增辉不少，也进一步从侧面反映和解释了本书的诸多内容。

2019 年夏末于西北大学

《宋代治国理念及其实践研究》后记

我在长期从事中国古代史教学与研究过程中，对于影响中国古代历史进程的诸多重大关节性问题，既无法回避学生的提问，自己常常也需要加以思考。特别是历代王朝的治国理念、模式及时代特征，不仅是纯粹的学术话题，也不免要关照到现实，故值得深入探究。所谓："究天人之际，通古今之变。"

与前后中央集权王朝相较，宋朝治国的路线似乎有点另类，这不仅体现在对外被动求和之类众所周知的方面，更有开国以降追求目标的变化、内政外交的复杂互动影响，以及由此引发的诸多方面的独特表现。这些皆具有不同前后代的鲜明特性，因此呈现了别样的现象及结果，如最为后世称道的不杀官员的规矩，的确超越了秦汉以来专制时代的暴虐藩篱；坚持不变的文治追求，创造出古代世界辉煌灿烂的文教成就；统治集团一味求稳心态下的防弊设计，

《宋代治国理念及其实践研究》书影

带来机构效率低下甚至难以作为的后果，诸如此类等。究其根源，则与宋代治国理念及其影响存在深刻的关联。以往学界对宋朝政治史的研究，已从各自的出发点阐述了有关方面的内容，包括中央集权、君主专制的恢复与强化，祖宗之法、传统方针政策与变法，中央与地方官制，驭将政策与军制，和战及与周边政权的关系等等，都为解析宋朝历史及其特征提供了有力的证据。不过，从贯穿两宋的治国理念这一主线考察宋代特征，仍有极大的空间可以深究。正是基于这一认识，我们申请并获批了教育部人文社会科学规划项目《宋代治国理念及其实践研究》（项目编号：09XJA770003）。

经过五年多的努力，我们终于完成了这项课题任务。在此需要说明的是，这项最终完成的成果，是项目组集体承担工作的结果。五年间，我们既有明确的分工，也屡经讨论，几易其稿，虽仍不免存在诸多不足，但围绕主题设计还是大致达到了预期的目标。撰写本书稿的具体分工是：序言、第二章、第三章由我执笔，第一章由李军副教授完成，第四章由邹贺博士负责，第五章、第六章由胡坤博士执笔，第七章、第八章由张明副教授承担，最后由我提出修改意见并统稿。衷心感谢各位参与本课题并付出辛勤的工作，若仍存在明显问题，则一应由我来承担。

2014 年 10 月于西北大学

《北宋武将群体与相关问题研究》（增订本）后记

这本书原是在我博士论文《北宋武将群体研究》的基础上所完成，于 2003 年交由中华书局出版，屈指算来，距今已过去十七个年头。的确是岁月如梭，当年精力旺盛的我，现已开始步入老年，曾经乌黑的虬髯，也变得花白和稀疏了。

元代史臣在修完《宋史》后，得出了宋朝“声容盛而武备衰”（《进宋史表》）的结论。的确，宋朝武备与边防存在“积弱 ”的突出特征，就此而言，承担作战、防守任务的军事将领难辞其咎。然而，当时武将群体表现失常的背后，其实有着错综复杂的根源。像宋代名将杨业、狄青、岳飞以及余玠等人，若置身于前后许多王朝之中，应该还能取得更大的功业，而不至于蒙受那么多的冤屈，最后不得善终。这就值得深究，需要从宋代统治、军政以及制度、政策上考察。本书第一版的结语中，曾说过：“北

《北宋武将群体与相关问题研究》（增订本）书影

宋武将群体与相关问题研究，是一个还难以穷尽的课题。”时光过去这十数年间，我确实未曾中断对宋代武将问题的关注，不仅有了更深的认识，并且延展到更多的相关领域。我以为，无论是具体到宋代武将群体状况，还是大到宋朝军政设计的弊端，都应与其治国理念关联起来。只有从这一根本上加以观察，才能解释诸多相关制度、政策以及举措的缘起，也才能揭示问题的本质，从而追踪到宋朝文盛武衰时代特征的根源。因此，我围绕自己的思路展开研究，发表了系列论文及专著，并申请获批了国家社会科学基金重点项目《宋代治军理念与朝政关系研究》、教育部人文社会科学规划项目《宋代治国理念及其实践研究》。

需要说明的是，这次本书增订再版，主要做了以下工作：其一，汲取了新出的学界相关研究成果；其二，按照如今的学术规范要求，对所有注文格式加以调整、补充；其三，对原书表述不妥的文字，进行了许多修改；其四，在某些章节中增加了不少内容；最后，为了补充本书的某些内容，聊以发表过的三篇相关论文附于书尾。遗憾的是，因为目前实在是诸事缠身，故无法将自己更多的新见解付诸其中。如原书对“崇文抑武”方略的消极性多加批判，而对其助推宋代发展的积极方面则论述不够；揭露了文臣士人在军事上的无能表现，却对他们在其他领域的贡献展现不足。未尽之意，只有留待以后。

在此，要感谢人民出版社为本书提供了增订、再版的机会。还要特别感谢我的博士生吴海峰、朱晨鹭、硕士生曹若颖和刘蒙同学的辛苦付出，他们对本书的史料做了细致的核对，并调整了注释格式，让我省去了不少时间。

2020 年冬于终南山下

《中国古代军政研究》序

战争是人类文明演进的伴生物，其本质为毁灭性暴力。与此同时，战争又具有鲜明的双重属性，即正义性的抗争与非正义性的侵略。换句话说，战争既是挥之不去的魔咒，又是保家卫国的利器。于是，围绕战争而展开的所有军事活动，便成为历史进程中的重要内容，可谓江山成败皆与此息息相关。事实上，军事问题从来就不纯粹，背后往往涉及政权、民族等方方面面，尤其是政治背景及动因。从这一意义上说，“军政”一词可以涵盖广泛的军事议题。

“军政”一词早在《左传》中已多次出现，如“不为军政”（《左传·襄公二十四年》）、“军政不戒而备”（《左传·宣公十二年》）等，其本意主要指军队建设、军中政令及其军事规则。其后“军政”又与“军志”等成为早期兵书之名。如《孙子兵法》中就曾引用早期兵书

"军政"的内容："军政曰：'言不相闻，故为之金鼓；视不相见，故为之旌旗。'"（《孙子兵法·军争篇》）同样，《三略·上略》亦指出军政问题在军事行动中的核心价值："将之所以为威者，号令也。战之所以全胜者，军政也。士之所以轻战者，用命也。"现存兵书《司马法》，《四库全书总目提要》称"其言大抵据道依德、本仁祖义。三代军政之遗规，犹藉存什一于千百"，甚或可说《司马法》即是一本军政类的兵书。而以今天的眼光来看，"军政"不仅囊括以上军事内容，还在更高层面包含军事与政治的交互关系。就此而言，今天的认识则更具广度与深度，因为任何时代的军事建设及规章制度，无不深受国家政治演变的牵引，从而决定了军事力量的表现与战争形态，并深刻影响到国家发展的趋向。诸如秦国的远交近攻谋略与统一战争、两汉的南北用兵进程、唐朝前期的开疆拓土行动、宋初的先南后北方略、蒙元的西征与南下、明朝的重修长城与九边重镇部署，以及清代的多次平叛战役等，都是这些王朝推行治国目标的重大举措。与此同时，相应的军事思想与战争观、兵役制度、统军指挥体系、军兵种建设、军法军纪、后勤保障以及战略与战术运用等方面的变迁，又成为指导和支撑战争的各项必要条件。诚如西方近代军事鼻祖克劳赛维茨（Carl Von Clausewitz）的名言："战争是政治的继续。"因此，从广义的军政视角审视历史，意义十分重大。

军事与国防从来是国家紧要的大政，直接关乎国之安危，如孙子所说：“兵者，国之大事，死生之地，存亡之道，不可不察也。”（《孙子兵法·始计篇》）同时，统治者对战争的基本态度亦关系国家的存亡，正如《司马法》所言：“故国虽大，好战必亡。天下虽安，忘战必危。”（《司马法·仁本》）在战争中，将帅具体指挥作战，其作用同样不容忽视，正如孙子所云：“故知兵之将，民之司命，国家安危之主也。”（《孙子兵法·作战篇》）又曰：“夫将者，国之辅也，辅周则国必强，辅隙则国必弱。”（《孙子兵法·谋攻篇》）因此军事与国防的设计和组织，皆与政治意图的驱动密不可分，至于将帅的选任亦离不开政治因素的左右，由此遂产生了诸多军事战略、战役、战术、制度及规则，构成了各个时代丰富的军政内容。在中国历史时期，上述军政内容及其范畴，既是统治集团意志的体现，也是历代王朝兴衰演变过程中的重要轨迹，其经验教训对当今有着深刻的启示和借鉴，因而值得高度关注。

长期以来，学界对包括军事史在内的中国古代军政方面的研究，已取得诸多论著成果，然而相较于政治史、经济史、思想及文化史等领域，在广度与深度上仍存在明显的不足，也与其在历史进程中的重要性难以匹配。不仅大量的具体史实有待澄清，而且具有重大影响和规律性的问题还有必要加以深究，这就需要史学研究者持续不断地深入探究。我多年来一直关注中国古代军政问题，尤其对

《中国古代军政研究》书影

“文盛武衰”的两宋时期着力颇多，有所收获，并培养了许多有志于此的学生。亦基于此，我们专门组织并推出了这本论集，取名《中国古代军政研究》，希冀对中国古代军政研究有所补益。

本书讨论的议题，大都属于军政范畴，涉及中国不同历史时期的兵学思想、战争观、军事机构与职官、统军体制对比、皇宫宿卫、赏功制度、边防治理、治军与驭将、军事决策、军制改革、军功集团、军法军纪、区域民兵、城池防御、用兵活动、战争书写比较、南宋抗金人物、绘画中的武将形象以及对古代堡寨遗产保护及利用的观察等问题。此外，还有数篇论述宋代宰辅、禅让、治世、诉讼及家族人物等问题，固然与军事的直接关联不大，却也从侧面折射出当时施政背景的特点。就涵盖的时间段而言，虽上自先秦，下至近代，但以两宋时期为主。需要说明的是，除了我本人的论文系旧作之外，其他论作皆属未发表的新著。作者则都与我有密切关系，或是我历年带过的学生，或为指导过的博士后合作者，他们大都在高校或研究机构供职，在中国军政史研究领域各有所长。各位作者在百忙中挤出时间精心撰写论文，曹循副教授还承担了具体组稿、初审的工作，付出很多辛劳，深情厚谊，特此一并致谢！是为序。

2020 年 5 月于西北大学

《新编中国通史教学纲要》后记

《中国通史教学纲要》于2003年出版，距今已近十五年，而编写的时间又早于此前数年。21世纪以来，一方面史学研究取得很大的进展，新领域、新观点及新资料迭出。另一方面高校师生对教学质量的要求也越来越高，这都对教材提出了更高的标准。五年前，高等教育出版社的张林先生与我联系，希望能对《中国通史教学纲要》进行修订，但因我手头事务繁多，一时无力展开。前年十月，在教育部历史教学指导委员会暨历史系主任联席会上，我与张林先生再次见面后，才最终敲定了这项工作。

虽然原来的《中国通史教学纲要》已先后重印十多次，并产生了较大的影响，但我认为仅对原书进行修订仍不够，还应在充分汲取史学研究成果的基础上加以重编，这一意见得到了出版社的支持。于是，我动员了西北大学历史学院的九位教师组成编写组，根据各成员的学术背景

《新编中国通史教学纲要》书影

和专长，合理分工，划分任务。在随后的编写过程中，我们对各自承担的章节内容多次讨论，遵循客观可信与守正公允的原则，力求增加新内容而非添加字数，以保持纲要体的特点。可以说，大到章节标题、历史分期、争论观点及思考题、参考书目，小到细节表述、字词用语，都多次讨论修改，务求准确。如史前部分因吸收了考古学的理论成果，就有了系统的变更；古代史部分，也压缩了诸如农民起义等问题的篇幅，更多关照到丝绸之路、中外交流、民族关系及制度政策等方面，从而弥补了以往的许多不足；近代和现代部分，则增加了经济实业、文教科技、社会思潮及风尚变迁的内容。总之，历时一年多时间，三易其稿，才终于完成。

本教材是一部集体完成的成果，系 2017 年度“陕西省高校教学改革研究重点项目”。在此按照内容的前后顺序，将各位作者承担的工作介绍如下：白立超讲师撰写了第一编、第二编第一至五章；刘蓉教授承担了第二编第六至八章的编写；裴成国副教授撰写了第二编第九至十二章；李军教授承担了第二编第十三至十五章的编写；胡坤副教授撰写了第二编第十六章；张明副教授承担了第二编第十七章的编写，并协助我做了许多辅助工作；曹循副教授撰写了第二编第十八、十九章；罗毅讲师撰写了第三编；胡勇副教授承担了第四编的编写。我作为主编负责确定全书的框架体例，提出具体修改意见，并最后审订和统稿。

本教材若存在问题和不足，皆由我个人来承担。

在此，先要特别真诚感谢《中国通史教学纲要》原书的作者，正是他们付出的辛劳工作，才为本次新编提供了前提和坚实的基础。已故的杨希义教授是与我共同担任的原书主编，也是本教材项目最初的发起人，并编写了原书的第二编第九至十五章；当时的田旭东副教授撰写了原书的第一编、第二编第一至八章；当时的陈国庆教授、刘莹讲师编写了第三编；当时的傅建成教授撰写了原书的第四编。原书的第二编第十六至十九章，则由我负责撰写。再要衷心感谢本次新编《中国通史教学纲要》的各位作者，他们在百忙中抽出时间认真工作，特别是最后一稿又几乎重新返工，才使得本教材能够顺利完成。

值此出版之际，要诚挚地感谢西北大学教务处的大力支持，为我们新修工作提供了有力的经费保障。还要对本项目开题时，各位专家提出的宝贵意见深表谢意。最后，对高等教育出版社和责编张林先生致谢。

2018 年 5 月于西北大学

《宋代军法研究》序

古往今来，作为政权机器最刚性组成部分的军队，都需要有效的管理和约束，以保证军队服从国家意志，并达到实施各项军事目标和任务的目的。军法便是其中控制和约束军人的有力手段。因而，军法制定得是否完备，特别是执行得是否有效，就直接关系到军队管理以及战斗力的水平，甚至关乎国家之安危。

就中国古代历史而言，历代统治者为了掌控军队，使之成为有力的统治工具，都无不重视军法的建设。如《孙子》首篇即云："一曰道，二曰天，三曰地，四曰将，五曰法。"包括军法在内的此五项内容，被确定为论兵的基础。

但在唐末五代之时，由于出现藩镇割据、军阀混战的局面，武力因素遂超强干预政治及社会，严重地瓦解了军法、军纪，导致皇权沦落、统治秩序涣散和兵祸猖獗的后果，从而给社会带来了巨大的灾难。

正因为如此，再度通过兵变上台的宋朝，自然高度关注军队建设。为了结束动乱，巩固中央集权统治，宋统治者遂大力整顿军政，制定新的军制法规，所谓："凡其制，为什长之法，阶级之辨，使之内外相维，上下相制，截然而不可犯者，是虽以矫累朝藩镇之弊，而其所惩者深矣。"（《宋史 · 兵志》）其中军法体系是维系其军制的极其重要一环。

两宋时期，随着内外形势的变化，历朝当政者都不断讲武修典，对军法内容进行调整，遂形成一套较为完备的军法体系。终宋之世，军队大致没有发生大的兵变祸乱，更没有出现将帅跋扈干政的现象，不能不说是与其军法的作用有着密不可分的关联。不过，因宋代统治者在实际执法的过程中存在许多弊端，尤其是对高级将领的宽贷，也在相当程度上削弱了军法的效果，并因此产生了很大的消极影响。

由此看来，军法问题是宋史研究中一个十分重要的课题。然而，目前学界对此关注还很不够，尚缺乏全面探究的专著问世。已有的相关研究成果，对宋代军法制度或有所涉猎，却不免过于简略。因此，全面系统地探讨宋代军法及其运行机制，同时论述其演变及其影响等相关问题，都是十分必要的。

张明副教授勤奋好学，十余年前做硕士研究生时，就以北宋军法为毕业论文，为此进行了一定的探索。我作为她的导师，是完全了解她工作的认真程度。以后，她到南京大学继续深造，博士论文又以宋代军法为题，在既有基础上贯通了对两宋军法问题的思索。她的论文完成后颇得好评，并顺利毕业。2004 年，她回到母校西北大学任教。前几年，再随我作博士后研究。可以说，张明一直心无旁骛，专注于宋代军法问题的探究，这在当今学界实属不易。古人云："十年磨一剑。"十年的努力，终于有了收获，张明博士除了发表多篇论文外，便是完成了《宋代军法研究》的书稿。依我看来，这部《宋代军法研究》在前人研究的基础上，主要有以下贡献：

其一，系统考察了宋代军法制度，尤其是军事刑罚制度、军事司法制度，并从宋代军法的实际运作角度，探讨了相关的宋代军政问题；

其二，全面研究了宋代军法在禁军、厢军、乡兵、弓手、蕃兵等不同军种中的实行情况，这既是宋代军法的特点，也是前人不曾重视的问题，从而尽可能地还原了宋代军法的本来面貌；

其三，除了运用历史研究的基本方法外，还借鉴了军事法学等理论，这就在严谨求实的基础上，更有较强的视角创新，并通过大量具体的例证，对宋代军法制度的各方面内容进行了深入的考察；

其四，资料丰富，对涉及主题的有关文献史料，包括

《宋代军法研究》书影

正史、典志、文集、笔记小说等等，都尽可能予以搜罗。同时，也充分掌握了今人研究成果，从而使立论言之有据，避免了时下常有的空疏之弊。

总之，作者分析细致，论证有力，具有颇强的说服力。如对待宋代军人犯罪，便注意到高低级别存在处罚上的差别，其中对军官，特别是高级将领，在统治集团利益允许的范围内，通常都予以姑息宽贷；而对于普通士卒犯罪，则多施以严刑峻法，以杀立威。至于叛乱者，则无论是将帅还是士兵，都会遭到极刑惩处，以儆效尤。作者还指出：尽管宋代军法堪称齐备，但因许多时期朝政的涣散、腐败，不免存在诸多操作上的弊病，徇私枉法，从而对军政产生了深远的消极影响，这也是造成宋代长期武备“积弱”的一个重要原因。

当然，宋代军法仍有进一步深入研究的必要，如宋代军法较前代存在哪些发展变化等问题，就值得重视。惟有如此，才能更清晰地把握宋代军法的时代特点。相信该书的出版，可以带动本领域研究的深化，更多的成果也必将问世。

2009年11月于西北大学

《君德成就——宋朝经筵制度研究》序

赵宋推崇文治，故元代修《宋史》时有“宋恃文教”之说。及至二十世纪以来，学界陈寅恪、邓广铭、钱锺书、漆侠等前辈大家，以及域外的费正清、谢和耐等著名学者，也都对宋代文教的盛况倍加肯定。

所谓“文治”“文教”，除了狭义上的文化内涵，诸如文化教育、思想学术、科学技术以及艺术修养等内容外，还应包含政治制度、法令条规、社会经济以及民俗风尚等方面。惟其如此，方能综合一个时代的重要特征与水平。

然而，宋朝也给后世留下文盛武衰的印象，故传统上有“重文轻武”的评价。在我看来，宋代社会不单纯是有“重文轻武”的风气，而是统治集团有意推行“崇文抑武”的治国理念，由此深刻地影响了那个时代的发展道路，形成其鲜明的时代特征。可以说，与以往的秦汉隋唐帝国相比，宋统治者具有突出的实用主义或现实主义特点。宋太祖建国伊始，面对唐末、五代长达百余年割据战乱留下的危局，特别是秩序败坏、皇权沦丧，皆因武力超强干预政治的结果，便满怀戒惕之心，求稳惧乱，凡事立足现实考虑，清初思想家王船山的《宋论》已对此有所分析。最典型的例证如：收兵权就是通过委婉赎买的方式完成，而不像以往那些帝王通常采取杀戮的手段直接剥夺；对统一各地的部署，也是采取稳妥的“先南后北”战略，甚至对辽朝占领的幽云地区，也曾优先考虑过经济赎买的方式。当宋太宗两次北伐辽朝失败后，从此重心转向内部，更加明晰了以域内稳定与发展为最高追求目标，边防则退为次要议题。宋太宗君臣为此达成了共识：用兵乃“不祥之器”，非不得已不为之，“文德致治”才是施政的首选，因而“武功”只能服从“文德”的需要。于是，重内轻外的“崇文抑武”治国理念就此确立，内外并重的大一统精神遭到抛弃，其后的统治集团无不深受影响，并成为“祖宗之法”的重要内核。因此，文治成为宋代朝政的主轴，军功不再受到推崇，文臣主政、武将陪位以及“以文驭武”之类的规则，自然大行其道。与此同时，相应的价值观念与社会风尚随之盛行。宋朝在边防上陷于长期被动挨打的境地，终以对外“积弱”著称于史，遂不难理解。

宋代的“崇文抑武”治国理念，可谓演绎出双刃剑的结果，在导致武功衰弱的同时，也造就出昌盛一时的文治局面。如南宋学者吕祖谦指出：本朝“文治可观而武绩未振，名胜相望而干略未优”。(《宋史》卷四三四《吕祖谦传》) 其方方面面的具体文教成就姑且不论，其统治秩序的长期稳定亦值得关注。与以往历代王朝相较，宋朝无论是来自上层还是下层的威胁都相对较小，既没有权臣、外戚专权篡位，也没有宦官跋扈弑主、地方称雄割据等现象，至于下层农民的反抗虽然不少，却没有席卷全国性的大规模起义。难怪宋人也认为："汉唐多内难而无外患，本朝无内患而有外忧。"(吕中《类编皇朝大事记讲义》卷一《国势论》)

就宋朝形成的治国理念而言，需要深入探究两个问题：一是如何解释和论证宋朝与前代在治国理念上的巨大差异？二是宋朝怎样将治国理念传承下去？对于前一个问题，我主持撰写了《宋朝治国理念及其实践研究》一书，可视为初步的回应。而后一个问题，仍需进一步细化分析，如对宋朝最高统治者——帝王态度及其动因的考察。进一步说，从宋朝治国理念确立的关键阶段来看，为了寻求思想理论上的依据，以获得朝野上下的认同和支持，宋太宗君臣开始有意识地在正统儒家思想学说中寻觅依据，以支撑这一理念的必然性、正当性和合理性。由此，促成了宋代皇帝御前儒家学术讲座——经筵制度的诞生。

宋朝为帝王设立的经筵制度，重在培养皇帝的君德、修身等儒家思想意识及文化素养，君臣讨论的议题也多集中在这些方面，而对兵家、边防之类内容较少涉及，因此势必强化了统治者“崇文抑武”的信念，进而影响到治国实践层面。即使是在战争时期，仍强调君主要坚持经筵讲读，以便在经史中寻找启示。创立于宋仁宗时代的经筵讲读传统，一直延续到南宋后期，对巩固最高统治者继承“祖宗之法”发挥了不小的作用，而“崇文抑武”治国理念，自然也潜移默化地得以继承。

邹贺是我在陕西师范大学指导过的博士研究生，他的博士论文选题就是《宋朝经筵制度研究》。邹贺的本科、硕士都是在陕西师范大学历史文化学院就读，基础扎实，为人又有传统谦谦君子之风，内向而好学，于学术孜孜不倦。他的博士论文，是在前人研究的基础上，经过自己细致的文献搜集与考证，对宋朝经筵制度的背景、设置、运行等一系列问题进行了澄清和阐述。他在 2010 年博士毕业后，进入西安电子科技大学人文学院历史系任教，授课之余，仍继续思考宋代经筵制度问题，并常与我交流。他提出：宋代经筵讲读，不是单纯的儒家经史知识讲座，也不是朝廷军政形势政策讨论会，但是又兼具两者的属性。因此，这项制度存在的意义，就应该是从儒家经典中为本朝治国理念和实践寻找理论依据。

这一认识推动他决定以《宋代经筵讲读研究》为题，拓展自己在该领域的研究。我肯定了他的想法，他就此进入西北大学历史学院，继续作博士后研究。我知道他在单位的工作一直比较繁重，每周都要上很多的课，好在他能

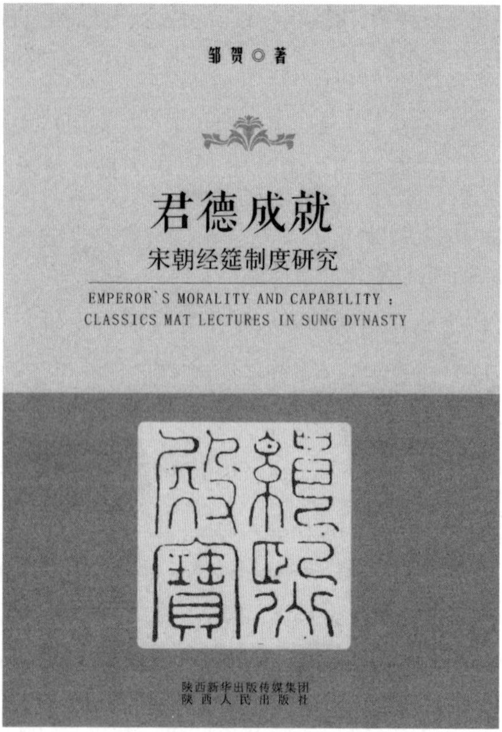

《君德成就——宋朝经筵制度研究》书影

沉潜心志，顺利完成博士后出站报告。时隔一年，又整理出《君德成就——宋朝经筵制度研究》的书稿，我作为导师当然感到欣慰，因为这部书征引文献丰富，论证周密，观点得当，不仅对宋朝经筵制度有了更深入全面的论述，也有助于加深理解宋代统治模式及治国理念等重大问题。

邹贺在学期间，我曾在给他的赠书扉页上题写了“治学之道，一以贯之”八字，这也是昔年恩师漆侠先生赠与我的座右铭。不过，邹贺每每对我说：自己还没看到“治学之道”的轮廓，更不敢奢望“一以贯之”的境界。此语虽属谦虚，却也实诚，一则学海无涯，小到宋朝经筵制度，大到宋史、历史学领域，还有很多问题需要探索；二则邹贺的学术生涯尚在起步阶段，对学问存有敬畏之心，总是好的。

匆匆数语，是为序，并与邹贺君共勉。

2016年岁末于西北大学

《伪齐政权研究》序

历史的长河滚滚不绝，多少治乱兴衰的往事浮现于其间，或绚烂万千，或转瞬即逝，或可赞可叹，或可斥可责，足供今人追忆、咀嚼者多矣。

凡读古今中外史书，都会发现一种特殊的现象，即敌对政权交锋之时，出现己方某些势力投奔对方并在其麾下组建附庸政府，世人对此一般呼为“伪”政权。在中国历史上，宋、金对峙时期就曾经存在过一个短暂的傀儡政权，因依附于金朝，南宋人与后世史籍皆称之为“伪齐”。这个叛宋降金建立的小王朝，由于地域仅及今天河南、山东及陕西的部分地区，加之存续不过八年时光，故常为人忘却，历史教科书中也多一笔带过。然而，伪齐毕竟存在于历史上，并且对当年数以百万的民众生活以及宋金关系，都产生了重要的影响，仍不可完全忽视。

靖康之难发生后，宋帝国轰然崩塌，包括宋徽宗、钦

《伪齐政权研究》书影

宗父子在内的皇室、公卿及百官都沦为俘虏，开封城内外的无数珍宝、资财也尽为金军的战利品。金朝在迅速成功之际，随之也面临着极大的难题：一方面要占据中原地区，另一方面又急于回师瓜分所获，有限的兵力势必捉襟见肘，于是只能依靠傀儡势力暂时维持占领区局面。在此背景下，故宋宰相张邦昌首先被金军仓促推出，建起伪楚政府。不过，金朝羽翼下的伪楚小朝廷短命，仅仅一个月就归降新生的南宋王朝。不久，金朝只得再度挥师南下，重新攻占开封等地，金宋之间遂展开了全面战争。时隔三年，金朝故伎重演，又将投降的南宋济南知府刘豫扶立为傀儡皇帝，就此降生了伪齐政权。在八年间，刘豫积极配合金军攻打南宋，同时维持辖区的统治，在一定程度上缓解了金朝的压力，而加重了南宋的边防负担。伪齐政府推行的制度政策，虽为自身发展服务，但更须听命于金朝，其结果是在金、宋以及西夏夹缝中艰难生存。随着金朝内部派系的变化及其对宋方针的调整，伪齐的利用价值遭到否定，最终也就难逃被抛弃的命运。揆诸伪齐政权的短暂历史，不难发现其存废虽有偶然性，却也存在着必然性，其根源则在于金、宋两大王朝之间的博弈与妥协。而这一切昭示出的启示，就是历史变迁的主题曲始终由主导力量奏鸣，其他的依附势力只不过帮腔而已。

目前，学界对伪齐政权的关注不多，仅在研究宋、金史的论著中有所涉及，代表性的如国内前辈著名学者邓广铭先生的专著《岳飞传》与《南宋初年对金斗争中的几个问题》的论文，王曾瑜先生的著述《荒淫无道宋高宗》《岳飞和南宋前期政治与军事研究》，何忠礼先生等的专著《南宋史稿》，日本学者外山军治的著作《金朝史研究》等。而以此为专门研究对象的成果则寥寥无几，据我所知仅有两篇硕士毕业论文，不过尚未正式刊出。显而易见，这一专题值得重视，需要全面而系统地研究，以弥补学界的空白。

胡文宁是我带过的学生。他曾两次报考我的博士研究生，不过与他相识还是在第二次考试之后。2009 年，他再度报考并取得西北大学中国古代史方向第一名的成绩。面试前，他来拜访，我才了解到他有些奇特的背景情况。他本科学的是数学，硕士阶段转向理论物理学，毕业后曾在一所著名大学的理学院任过教。后来，他又移居加拿大六年多，回国后在一家外语机构任职，兴趣则转到历史。我对此既感好奇，也颇为高兴，因为纯粹出于趣味研习历史专业的人并不是很多，加之有数理思维的优势，于是鼓励他潜心学习。在读期间，他不仅上了必修的各门课，又选修了其他很多老师的课，还购买了大量的书籍，就此“恶补”欠缺的基础知识。难得的是，他为了多学，在已达到毕业条件的情况下一再延期答辩，最后才按照我的要求在五年半后提交毕业论文。功夫不负有心人，答辩委员会各位专家对他的评价很高，一致给予优秀的成绩。

《伪齐政权研究》是我与胡文宁商定的博士论文选题，他最终很好地完成了这份工作，可以说这是目前最系统完整研究该专题的成果。在读期间，他还发表了5篇相关论文（皆属C刊），并获得陕西省首届研究生创新成果一等奖。经过近五年的思考与打磨，他现在终于拿出了成熟的书稿，可喜可贺！承蒙前辈也是老友何忠礼先生不弃，将《伪齐政权研究》收入"南宋及南宋都城临安研究系列丛书"，予以正式出版，我以为有益于学界与读者。是为序。

2019年晚春于西北大学

《南宋地方武力——地方军与民间自卫武力的探讨》读后

有关宋代军事及武备力量问题的研究，学界向来以兵制为重点，除了不少探讨兵制诸多侧面的论文外，又以王曾瑜先生《宋朝兵制初探》为全面、系统性的专著。这些研究，无疑从总体上揭示了宋朝兵制的基本内容。但是，对两宋时期出现的各种军事范畴内的活动及现象，特别是通常意义的兵制所无法包容或深入探讨的问题，则多为个案性的分析，目前做集中而细致地分析工作，尚显得不足。如宋朝军事与国防政策的演变过程、武将群体的分类与构成、中央与地方统军体制的相互关系、地方与民间武装的情况，以及诸如蕃将之类等等问题，都有必要进行深入的研究。新近出版的黄宽重先生（台湾"中央研究院"历史语言研究所研究员）《南宋地方武力——地方军与民间自卫武力的探讨》（台湾东大图书公司 2002 年版）一书，便是就南宋地方武力及相关问题，加以专门探讨的力作。

早在20世纪上半叶，已有学者关注到南宋地方义军的问题。谢兴尧发表了《南宋时之忠义军与水浒传》(《越风》1936年1卷6期)，黄现璠著、陶希圣增补的《北宋亡后北方的义军》(《食货》1936年2、3卷5期)问世，黄现璠又发表了《南宋初年河北山东之义军》(《文化建设》1936年2卷5期)，蒯伯赞先生发表了《南宋初年黄河南北的义军考》(《中苏文化》1941年8卷5期)。另外，邓广铭先生在1944年撰写的《岳飞传》，对南宋初期地方武力有所论及。这些论著的出现，无疑打破了旧王朝史家狭义的认识和评价。需要指出的是，当时学者们探讨这些问题的出发点，显然与抗日战争的时局有颇大关系。

20世纪下半叶，海内外学人对这方面的研究继续扩展，其中中国大陆学者对南宋地方义军，特别是作为热点问题的农民起义军性质的论述相当热烈。主要有赵俪生先生先后发表的《南宋金元之际山东、淮海地区中的红袄忠义军》(《文史哲》1954年4期)、《靖康、建炎间各种民间武装势力性质的分析》(《文史哲》1956年11期)，张家驹先生发表的《宋代的两淮山水寨——南方人民抗金斗争中的一种武装组织》(《上海师范学院学报》1960年1期)，邓广铭先生的《南宋对金战争中的几个问题》(《历史研究》1963年2期)，华山先后发表的《南宋初年的范汝为起义》、《南宋绍定、端平间的江、闽、广农民大起义》(后收入作者《宋史论集》，齐鲁书社1982年版)，李春圃、何林陶《关于李全的评价问题》(《历史教学》1965年6月号)，白钢、向祥海出版的《钟相、杨么起义始末》(山西人民出版社1980年版)，刘伯涵发表的《从王夫之“宋论”看南宋初抗金义军的弱点》(《学术月刊》1980年12期)，朱瑞熙先后发表的《南宋广西李接起义》(《中国农民战争史论丛》第2辑，河南人民出版社1980年版)、《南宋福建晏梦彪起义》(《宋史论集》，中州书画社1983年版)，汪廷奎《南宋广东摧锋军始末》(《岭南文史》1988年1期)等等论著。而就防御工事的研究，以南宋钓鱼城抗蒙事迹为集中(主要有论文集《钓鱼城与南宋后期历史》，重庆出版社1991年版)。这些研究在探讨的范围和广度上，已超越了以往，并对南宋各种民间武装势力进行了一定的分析与概括。但其中的某些观点，也不免或多或少带有当时政治环境的色彩。至于一些附带着更多的应时性因素的文章，则不加列举。

与此同时，海外学者的研究也在不断深入。主要的成果有：孙克宽《南宋金元间的山东忠义军与李全》(收入作者《蒙古汉军及汉文化研究》，文星书店1958年版)，陶晋生《南宋利用山水寨的防守战略》(《食货月刊》复刊第7卷1、2期)，石文介《南宋初期军力的建立》(《史学汇刊》第9期，1978年10月)，王世宗《南宋高宗朝变乱之研究》(台大文史丛刊之82，1987年6月)，梁天锡《南宋广东摧锋军》(《能仁学报》1996年4期)，李荣村《黑风峒变乱始末》(国立编译馆中华丛书编委会编《宋史研究集》第6辑)，苏基朗《论蒲寿庚降元与泉州地方势力的关系》(收入作者《唐宋时代闽南泉州史地论稿》，台湾商务印书馆1991年版)以及黄宽重先后发表的十篇(部)论著等。这些研究，虽因视角与大陆有别，侧重点各有指向，但都颇多地涉及了南宋地方武力本身的一些问题。其中又以黄宽重的系列论文最为集中。

应当说，前人在对南宋地方武力的研究方面，已取得一定的成果，一些有争议的问题也已厘清。但做系统、深入和较为完整地论述，仍然不够。从黄宽重先生《南宋地方武力——地方军与民间自卫武力的探讨》"自序"可知，作者自早年读博士时，便以南宋边境上的义军武装为研究主题。以后，又将探研的范围扩大至有关南宋地方武装力量的许多方面，前后延续多年，出版和发表了包括《南宋时代的抗金义军》《南宋飞虎军》及《从坞堡到山水寨——地方自卫武力》在内的系列论著。本书正是作者多年研究、思考的结晶，因此，本书便具有对以往研究做总结性的学术价值。故称其为中国古代史研究领域中的力作并不为过。读罢本书，我感到有以下几方面的突出之处值得推介：

其一，研究视角新颖。作者并未将南宋地方武力作兵制式的面面俱到性的论述，因为王曾瑜先生《宋朝兵制初探》已有过系统地研究。于是，作者研究的视角集中于南

《南宋地方武力——地方军与民间自卫武力的探讨》书影

宋地方武力的若干个重要方面，尤其是具有代表性、典型性的个案上，探讨其“共通之处”，以便“了解其属性及中央与地方的关系”（作者语）。作者首先选取了广东摧锋军、福建左翼军和湖南飞虎军三支代表性的地方军，在分别梳理其发展变迁过程、各自特点及其相通之处的基础上，探究南宋时期地方军所发挥的作用以及存在的局限性，并借此揭示中央与地方的关系变化。然后，对南宋镇抚使、两淮山水寨、茶商武力和山东地区李全父子势力等重要问题进行深入地考察，继续追踪这些地方武力表象之下隐藏的各种利害关系，探讨这些武装及其领袖动向的内在原因。此外，还对南宋与高丽军民运用山水寨抵御蒙古进攻的效果，进行了分析和比较。通过对这些问题细致地研究，作者突破了以往对南宋地方武装较为宽泛的认识，获得了更为真实、具体的结论。同时，我个人认为这样的研究，使远离现实的那一段历史也增添了许多立体和生动之感。

其二，注重汲取以往成果。阅读本书各章和检索附录“参考文献书目”，不难发现作者对前人的有关研究成果几乎搜览无遗，这就使本书具有了广博的基础，避免了“孤陋寡闻”的尴尬。如在“广东摧锋军”一章中，便列举了大陆学者汪廷奎、胡昭曦，香港学人梁天锡及台湾学者李天鸣等人论著的见解；在考论“经济利益与政治抉择”一章时，则引述了两岸孙克宽、萧启庆、李春圃、赵俪生、周良宵、陈学霖及唐长孺诸先生的相关成果。但值得注意的是，作者尊重前人成果，却并不囿于成说，往往依据对史实的研究，提出独到的见解，以超越前人。如在“福建左翼军”一章涉及蒲寿庚降元问题时，便肯定了苏基朗的观点：蒲氏的举动乃是泉州地方势力“以个人、家庭及地方的利益为依归，与宗室派及抗元派爆发大冲突”的结果，又指出“这一看法扭转了以往过于凸显蒲寿庚以一人一姓之力降元，以及异族人在宋代楚材晋用的看法”。但作者并未简单地停留在苏基朗先生的见解上，而是从具体分析左翼军入手，进一步论述地方势力“面对新旧政权交替之际，为维护自身及地区利益，在理想与现实之间，经过折冲与冲突的过程”。既使这一观点得到充分的支撑，也从一个重要的方面再现了这一段史实复杂曲折的历程。

其三，分析和议论深入、中肯。作者显然是一位功力深厚而又独具慧眼的学者，在论述各章内容时，往往通过抽丝剥茧的手法，逐一揭示问题的成因所在，语言平实、可读，既没有生硬刻板的冬烘气味，也不简单地罗列大道理。如论述两淮山水寨时，除了肯定其在抗击金、蒙进犯上发挥的作用外，也从官方的繁重劳役、地方官吏的苛扰、地方和民众利益的冲突及地方势力的纠葛等方面，发掘两淮山水寨所承受的困境，指出其在某些情况下曾出现态度复杂、摇摆的现象。这便深化了传统意义上对义军的见解。对李全父子政治动向的分析，则是从当时社会背景下的政治抉择与经济利益的影响两方面因素，实事求是地考察李全父子的完整变化过程，其最终蜕化的结局也自然在情理之中。这也突破了以往“或从民族大义的角度看待李全父子，或从农民起义角色讨论李全兴起的因素”的简单化理解。李全不是彻头彻尾的民族变节者，也不是崇高的反封建英雄，而是那个复杂变化时代崛起的地方领袖人物。需要强调的是，作者通过对诸多个案的分析，总结性地指出：在面临强大外患及内乱的威胁下，南宋政权接纳了地方的武装力量，创立新的制度，对北宋强干弱支政策进行了一项重大修正，“反映了南、北宋政权不同的特质”。而地方武力不仅与南宋正规军并存，还是支撑赵宋政权延续的武装力量。这些结论，无疑准确地触摸到两宋政治发展及演变的重要经脉，深化了南宋史的研究。依我看来，作者不喜空论，注重史实及其完整性的研究特点，值得学习。

此外，史料丰富、详实，也为本书一大特点。单单从著作中引用文献资料之富，就能得到最好的说明。至于本书具有的其他方面的诸多特色，就不一一列举了。

本书之所以能取得以上显著的成就，当在于黄宽重先生长期专注于一个领域的探索，而心无旁骛，不追求浮光掠影式“大面积”涉猎，这恰恰是当今学界所缺乏的真正意义上的研究精神。读完本书，我受益匪浅，不仅对南宋历史上发生过的地方武装力量的基本状况，有了深入、完整的了解，而且对我现在正从事的宋代军制的研究，也有颇多的启发。

总之，本书的学术价值、对学界研究不足的弥补，已见上述。不过，就南宋地方武力的所有问题而言，本书仍不可能完全论及，也就是说，仍留有许多空间可以继续扩充。如南宋四川地方武装等问题，便需要进一步探研。作者在自序中也指出："南宋地方武力的名称复杂，任务有别，牵涉的范围广泛，要进行全面、完整且深入的研究并不容易。"但本书为这一专题的继续研究，无疑奠定了雄厚的基础。另外，本书也存在个别值得商讨之处。如作者将茶商武力也视作南宋地方武装，似可商榷。诚如本书所论，茶商之有武力，乃在于保护走私活动。故其应被视为南宋政府的敌对力量，这无论与广东摧锋军、福建左翼军、湖南飞虎军，还是与前线交界地区的镇抚使、两淮山水寨，甚至与归顺宋廷的李全父子武装，都具有不相同的性质。至于茶商走私武装被收编到宋军后的情况，则已与茶商武力本身关系不大。本书第 313 页所提及的武休关，作者注在今陕西留坝县，此当为笔误或印刷之失。陕西有留坝县，而无留坝县，武休关也恰位于陕西留坝县南。

本文原载于《中国社会历史评论》第 5 卷，商务印书馆，2007 年

入乎于情，近乎于理

——评何冠环著《北宋武将研究》

长期以来，对中国古代文官及其相关制度的研究，可以说受到更多史家的关注，著述甚丰，而对武将及其制度的探究则相对薄弱。就宋代而言，这种情形似乎更为突出。翻检方建新编纂的《二十世纪宋史研究论著目录》（北京图书馆出版社 2006 年版），其状况便一目了然。

从二十世纪至今，学界对宋代武将问题的研究，概括来说主要集中在一些武将人物，以及有关战役、政策及制度之上。如邓广铭《岳飞传》（增订本，人民出版社 1983 年版），漆侠《宋代对武人的防制》（《经世日报读书周刊》1947 年 12 月 31 日），宁可《宋代重文轻武风气的形成》（《学林漫录》第 3 集，中华书局 1981 年版），王曾瑜《宋朝兵制初探》（中华书局 1983 年版）、《宋朝的文武区分和文臣统兵》（《中州学刊》1984 年 2 期）、《尽忠报国：岳飞新传》（河北人民出版社 2001 年版）、《岳家军的兵力和编制》(《文史》第11辑),刘子健《略论宋代武官群在统治阶级中的地位》(《两宋史研究汇编》,台北联经出版事业公司1987年版),黄宽重《南宋地方武力——地方军与民间自卫武力的探讨》(台湾东大图书公司2002年版),罗文《北宋文臣统兵的真相》(漆侠主编《宋史研究论文集》,河北大学出版社2002年版),苗书梅《宋代武官选任制度初探》(《史学月刊》1996年5期),范学辉《北宋募兵与三衙制度研究》(山东大学博士论文,2001年),以及对诸如曹彬、郭进、狄青、王禀、韩世忠及吴玠吴璘家族等个案的论述。几年来,笔者就宋代武将群体与相关问题也进行了较为系统的探讨,出版专著《北宋武将群体与相关问题研究》(中华书局2004年版),并陆续发表系列论文(多收入《宋史论稿》,陕西人民出版社2004年版)。然而,仍有诸多武臣与其背后的关联问题尚待剖析。

当今海内外学界,长期专就宋代武将本身进行研究的学者人数并不多,香港学者何冠环即为着力最多者之一,2003年出版的《北宋武将研究》(香港中华书局,2003年6月,共584页),便是他这方面研究的力作。本书是作者十多年考察北宋武将问题的论作结集,由12篇论文组成。其中前4篇涉及的内容较为宽广,包括宋初三朝武将的量化分析、宋太祖朝的武将党争、宋太宗朝的武将党争和宋太祖朝的外戚武将,其余8篇则为若干武将的个案

《北宋武将研究》书影

论述。

因为有多年海外的留学和工作经历，又熟稔中国传统治学的方法，这就使作者在理解中国古代史上的问题时既轻车熟路，又别具慧眼。通览《北宋武将研究》中的各篇论文，感受最深的是其论述和分析细致入微，史料充实，推论则入情入理，贴近史实，合乎情理，可谓“入乎于情，近乎于理”，全无空疏之憾。从专业的视角来看，其研究超越前人、填补空白之处颇多，具有颇大的学术价值，若从可读性的角度而言，又脱去许多学究冬烘气息，读来饶有趣味。现撮举其要者介绍如下。

《宋初三朝武将的量化分析——北宋统治阶层的社会流动现象新探》一文，首次运用计量的方法，通过对宋太祖、太宗和真宗三朝武臣的家世背景、武将出身、将家比例以及武将来源的地理分布等方面的统计和对比分析，最终得出“沙场实在是科场以外另一个可以争胜腾达之场所”的结论，同时指出：五代、宋初建立的将门，在强大急剧的社会向上移动力驱策下，“要三代为将，固保富贵已经很不容易”。正是因为宋代剧烈社会流动的结果，造成武臣之家与文官一样存在地位上下起伏的状况。

《论宋太祖朝武将之党争》和《论宋太宗朝武将之党争》两文，通过一系列武将争斗的生动例证，展现出宋初武臣之间围绕权位发生的各种角力场景。而在此过程中，帝王利用武将党争达到排除异己、维护皇权的目的，即使出现偏差，甚至冤案，也在所不惜。作者在前辈学人蒋复璁《宋太宗晋邸幕府考》、《宋太祖时太宗与赵普的政争》等文（载蒋复璁《珍帚斋文集》卷三《宋史新探》，台湾商务印书馆 1985 年版）研究的基础上，特别对宋太宗在藩邸期间的活动予以揭露，指出在赵光义的幕后操纵下，不仅加剧了武将派系之间的争斗，造成猛将张琼冤死的惨剧，而且在乃兄称帝期间形成了潜伏的第二权力中心，从而削弱了拥护宋太祖的军事将领的力量。至宋太宗登基以后，再怂恿武将延续这种党争，以巩固军队中的亲信势力，还酿成郭进、杨业等名将冤死的悲剧。阅读这些论述，使人不免感叹武臣将领的人生际遇、荣辱跌宕，并非全靠素质能力和军功战绩，其实更多受制于专制皇权的左右。

有关武将人物的 8 篇论文，是作者对若干武将及其事迹个案的论述，包括：《论宋初功臣子弟马知节》《曹利用之死》《败军之将刘平》《狄青麾下两虎将张玉与贾逵》《北宋杨家将第三代传人杨文广事迹新考》《狄青故事的传述者》《〈水浒传〉第一反派高俅事迹新考》及《论靖康之难中的种师道与种师中》等文。探究的范围既包括名将世家、称职与不称职的将帅，也涉及因缘攀附而发达的权贵人物。值得特别肯定的是，作者本着知人论世的态度，持论公允，有理有据，在褒扬流播广泛的英雄式人物或家族时，也指出其盛名之下其实难副的史实；而对或时论针砭、或后世唾骂的角色，也通过透析各种其传说的流变过程，还原其本来面目，揭示出被不断夸大罪恶的事实。这就超越了传统上非好即坏的二元论认识的局限，使得历史人物的评述更贴近当时的背景环境。

例如：对杨家将第三代传人杨文广事迹、狄青之子狄咨与狄咏事迹的考察，便爬梳了大量的有关文献数据记载，将杨文广从民间传说、小说戏曲的过分渲染中解脱出来，还原其作为一名北宋中叶称职的高级军事将领的真相；同样从小说家言中虚构的狄青二子狄龙、狄虎兄弟形象背后，彰显出狄咨与狄咏的真实贡献和事迹。同时，也纠正了以往研究者的失误。如常征《杨家将史事考》（天津人民出版社 1980 年版），引用了一些明代人不可信的记载，对杨家将后人加以论述，有违史实。作者在论述过程中，对杨业、狄青本人的超凡功业与悲剧式结局显然充满同情，但并没有因为这种情感而影响到分析论证。事实上，作者以客观冷静的笔触描述了杨业、狄青的传人杨文广、狄咨与狄咏，虽有事迹可供追忆，不过较之于先人的功德已不足堪比。但正是因为他们的存在及传述，才不断发扬光大了杨家、狄家将门的影响力。诚如文中所言："北宋杨家将的名声在明代以后，凭着小说戏曲的渲染，成为整个宋代最为人知的将门。然考诸史实，这个在宋代名声最响的将门，本来名过其实……我们感情上景仰杨门忠烈，但要接受的事实是太原杨家其实到了第三代，已和绝大多数的宋代将家一样，每下愈况（当为"每况愈下"排版之误）走向衰落。”“研究岳飞的史家都知道，倘岳家没有岳珂（1182—1250）这位孝子贤孙为祖父功业树碑立传，岳飞及其岳家军的故事不会如此脍炙人口。同样，没有狄咨兄弟对亡父身后之名的尽心营造，与及对家业的尽力持守，狄青辉煌的成就不可能在宋人中得到广泛的认同和流传。”（500页）

对《水浒传》中大反派人物高俅的研究，作者在前人研究的基础上，除了依据宋人王明清《挥麈录》（后录）的最直接记载外，还应用了更多的其他材料。首先，考证了高俅的出身背景，确定高俅曾为苏轼而非苏辙门下胥史，因苏东坡推荐而做了驸马王诜的亲随，以后又因王诜的关系成为宋徽宗藩邸中的亲信。随之，探究了高俅得宠于宋徽宗的原因，认为在宋徽宗登基过程中，高俅奉命联络驸马王诜、知枢密院事曾布等人，扮演了居中穿线的角色，为宋徽宗最终成功称帝，立下了汗马功劳。至于人们熟悉的以蹴球获得赏识之事，作者“以为是徽宗故意说出去以掩人耳目”（525页）。文中还对于高俅因从龙而家族暴发富贵的过程、贪财好货的行为、全家的结局，都作了必要的交待。最后，作者认为高俅充其量不过是宋徽宗的家臣家将，“最坏不过是一只依附人君的城狐社鼠”（545页），其罪恶也远不如当时的蔡京、童贯等“六贼”之大。高俅倒是推荐过以后成为抗金名将的刘锜、战死沙场的张扐等人，并厚待尚未完全获得平反的苏轼之子苏过。由此看来，本文实在值得一读，特别是对热爱《水浒传》的读者，提供了更为真实的背景资料。

此外，对宋初功臣子弟马知节、枢相曹利用、儒将刘平、狄青部将张玉与贾逵、抗金名将种师道与种师中兄弟等人物的研究，都尽可能置之于当时的政治背景环境中考察，不拘成说，多发前人未发之微。使读者从这些武将个人的命运沉浮中感悟到宋王朝的跌宕起伏。

何冠环所著《北宋武将研究》的重要学术价值，已见如上认识，其实未尽之处还有很多，在此就不一一赘述。但从纯粹研究性的角度而言，仔细阅读完全书后，笔者倒也对其中的某些论述产生了不同看法，在此提出来供作者和读者进一步探讨。

其一，宋太祖朝张琼被冤杀后，继任殿前都虞候的杨信在乾德四年忽然患上哑疾。对此，作者认为可能是遭人暗算（43 页）。笔者在拙著中则推测：在当时极度防范禁军统帅的形势下，先有张琼之鉴，后有殿前都指挥使韩重赟几乎被杀的教训，素来谨慎的杨信遂自己伪装哑巴，以打消君主的猜忌，并避免卷入激烈的斗争。这就不难解释，杨信临终前为什么又突然能够说话，还对前来探视的宋太宗泪流满面地诉说出许多感激的话（陈峰《武士的悲哀——北宋崇文抑武现象透析》，陕西人民教育出版社 2000 年版，10—18 页）。

其二，作者注意到，北宋建国不久，宋太祖就要求武臣读书。其目的究竟何在？作者认为“是让他们通晓为治之道”，进一步又指出马知节等功臣子弟入国子监读书，不仅在于要被培养成为沙场猛将，还在于“成为能通治道，能守边廷以至成为调兵遣将，执掌军令的枢臣”（151页）。但考察了陈桥兵变、黄袍加身结束不久的背景，再分析宋太祖这一段讲话的意图，笔者认为其更真实的用意应当是：“宋太祖刻意追求的还主要在于儒家宣扬的君臣之道，和‘崇文’的气象。”（陈峰《北宋武将群体与相关问题研究》，中华书局2004年版，264页）以摆脱唐末、五代以来武夫悍将目无法纪、犯上作乱的恶习。有学者也对此敏锐地指出：宋太祖的目的是要武将“明悉君臣大义”（邓小南《祖宗之法——北宋前期政治述略》，北京三联书店2006年版，152页）。

其三，在《败军之将刘平（973—1040）》一文中，作者提出“宋代文臣愿意转资为武臣，一方面是受传统的儒将观念影响，不以为转为武臣，会低人一等；另一方面，是受太祖、太宗兄弟大力鼓励推动所致”的观点，此说值得商榷。据笔者的考察，实际情况恐非如此。自宋太祖朝逐步萌芽“崇文抑武”治国思想方略，再经宋太宗朝推行并确定后，宋朝政坛逐渐形成浓烈的“文不换武”现象。纵然有文官转换为武资，人数既很少，大多又非主动情愿，拒绝改换身份的文臣实在是不胜枚举，包括本文所提及的辛仲甫与范仲淹等等（陈峰《从“文不换武”现象看北宋社会的崇文抑武风气》,《中国史研究》2001 年 2 期)。这也构成了宋朝不同于汉唐时代的一个政坛特点。

另外，在本书第 455 页，不知是印刷的错误，还是作者的笔误，北宋熙宁期间西北著名边将姚兕被写作姚兜。

总之,《北宋武将研究》汇集了作者探究宋代武将个案的精心论作，无疑对推动宋代武将问题的研究做出了重要贡献，值得学界关注。对有心了解这些往事的读者，也是一部不可多得的佳作。

本文原载于《唐研究》第十三卷，北京大学出版社，2007 年

是否以“抓权和搂钱”为目的？

——“庆历新政”小议兼评《中国是部金融史 2：天下之财》

长久以来，范仲淹被公认为是宋朝一位伟大的政治家，也是中国古代士人的杰出代表。朱熹称颂道：“天地间气，第一流人物。”（《范文正公集》附录《诸贤赞颂论疏》）元人修《宋史》时也指出：“每感激论天下事，奋不顾身，一时士大夫矫厉风节，自仲淹倡之。”“自古一代帝王之兴，必有一代名世之臣。宋有仲淹诸贤，无愧乎此。”（《宋史》卷三百一十四《范仲淹传》）即高度评价其作为和人格风范，以及对后世产生的深远影响。

然而，陈雨露、杨忠恕先生在所著《中国是部金融史 2：天下之财》（九州出版社 2014 年版）中，横陈新论，指出范仲淹的庆历新政，实际上是为了“抓权和搂钱”。从目前学界研究的基本共识来看，这一说法却似乎难以成立。

其一，从北宋中期国情上看，当时的形势非常严峻，

范仲淹墓

政治改革势在必行。陈、杨二先生所著云：宋仁宗亲政之前，“民间经济鼎盛、封建官僚‘积贫积弱’的北宋是一个清平世界”。然而，史籍记载恰好与之相反。宋真宗朝，边患严重，不得不通过“澶渊之盟”等议和方式缓和与辽朝及党项的关系；内部则存在为期多年的“天书”造神运动，导致政界投机之风盛行。因此到宋仁宗亲政前的数十年间，朝政因循苟且，积弊日深，何谈“清平世界”？宋仁宗亲政后，政府积弊丛生，效率低下，财政窘困，武备松弛，尤其是在对夏战争中长期陷于被动挨打的境地，从而形成严峻的内忧外患局面。庆历三年（1043 年），朝官孙沔上疏反映："观今之政，是可恸哭……若恬然不顾，遂以为安，臣恐土崩瓦解，不可复救。"（《续资治通鉴长编》卷一百三十九，庆历三年正月丙申）一些有识之士遂不断要求推行变革，以解决统治危机，并缓和社会矛盾。范仲淹就是其中的代表人物。在此形势压力下，宋仁宗启用时任参知政事的范仲淹实施改革，"庆历新政"就此出现。

其二，就"庆历新政"的内容而言，制定的措施基本切中时弊。其中在政治上，限制中高级官员子弟利用"恩荫"方式入仕的人数，惩办贪官，讲求对官员的政绩考核；改革科举考试，选拔务实人才；慎重立法，严格执行法令，取信于民。在经济上，减轻徭役负担，兴修农田水利，发展农业生产。在军事上，加强武备的同事，节省养兵费用。由此可见，新政涉及面广泛，核心是整顿吏治，并非以增加财政收入为重点，何谈是以"抓权和搂钱"为目的？事实上，新政主要因触犯到官僚集团的既得利益，招致猛烈攻击，才最终流产，而非在赋税收入上引起民怨遭到失败。

其三，从范仲淹的品格与从政经历来看，他始终秉持忧国忧民的理念，不仅在《岳阳楼记》中抒发"先天下之忧而忧，后天下之乐而乐"的情怀，还倡导"公罪不可无，私罪不可有"的为官之道。"公罪"非指一般意义上官员因公务失误或违纪致罪，而是指因敢于担当责任受到的惩罚，如官员因坚持原则触怒帝王或得罪上司，其所遭受的打击就属于“公罪”。在其位者应尽其责，自然是为官者的本分，若因惧怕担责或冒犯权贵而无“公罪”，实际上便是不作为。至于“私罪”，专指为一己之私而贪赃枉法所犯的罪责，理当不能容忍。其实，古代官场上，官员往往宁肯因“私罪”受罚，亦不愿因“公罪”而受过。宋史研究专家王曾瑜先生对范仲淹的这一观点高度评价道：“用现代的话说，政治上必须坚持原则，不怕得罪上级和皇帝，不怕受罪，而个人操守，则务求清白，决不能贪赃枉法。”（王曾瑜：《“公罪不可无，私罪不可有”——古时的哲人怎么当官》，《北京日报》2010 年 1 月 4 日）纵观范仲淹一生，可以说坚持职守，积极作为，又不眷恋权位，他虽然屡次因批评朝弊在仕途上受挫，但意志却未消磨。如欧阳修评论他：“少有大节，于富贵、贫贱、毁誉、欢戚，不一动其心，而慨然有志于天下。”（《欧阳修全集》卷二十一《资政殿学士户部侍郎文正范公神道碑铭》）范仲淹在数任地方官期间，关心民间疾苦，推行惠民措施，因此颇得民望。当时大臣富弼即评价道：“凡所设施，必本仁义而将之以刚决，未尝为人屈挠……立朝益务劲雅，事有不安者，极意论辩，不畏权幸，不蹙忧患。故屡亦见用，然每用必黜之。黜则欣然而去，人未始见其有悔色。”（《范仲淹全集》附录一《富弼〈范文正公仲淹墓志铭〉》）此等胸怀抱负与境界，自非那些“抓权和搂钱”之辈政客所能比拟。

其四，范仲淹从政期间，未见以权谋私的行为。从各方面的记载来看，他为官清廉，不追求富贵享乐，对家人也要求严格。尽管后来官高位显，但生活简朴，且慷慨施与，曾捐献自己的俸禄收入，在苏州购置田地，建立“义庄”，以赡养贫困族人。史称：“其后虽贵，非宾客不重肉。妻子衣食，仅能自充。而好施予，置义庄里中，以赡族人。”（《宋史》卷三百一十四《范仲淹传》）

范仲淹的言行，还对当时文官士大夫产生了相当大的影响，后世与现代研究者都承认宋代士风的转变与范仲淹有关。如朱熹所说：“至范文正时便大厉名节，振作士气，故振作士大夫之功为多。”（《朱子语类》卷一百二十九《本朝三·自国初至熙宁人物》）有关这么的内容，前人所论甚多，故不再赘述。

由上可见，《中国是部金融史2：天下之财》所云范仲淹庆历新政是为了“抓权和搂钱”，显然与史实不符，颇有曲解之意。胡适曾说：“大胆的假设，小心的求证。”当今有些著述，为了求新，不免言过其实，甚至随意否定著名历史人物。正如明代人李应昇所说：“一时宠利有尽，千秋青史难欺！”（《明史》卷二百四十五《李应昇传》）

最后，值得一提的是，近来网上还出现对岳阳楼的争议，有认为岳阳楼是一家“青楼”，范仲淹的《岳阳楼记》是送给滕子京的“马屁文章”。岳阳楼作为天下名楼，